짐승의 여름 방학

이서유 소설집

짐승의 여름 방학

라임

아버지 이성학, 어머니 박화자 님께

이 책을 바칩니다.

차례

새삼 강한
빛과 별

언니가 옥상에서 떨어져 죽으려고 했단다. 말로만 듣던 성적 비관 자살 시도가 우리 집 이야기라는 게 믿어지지 않아 인터넷을 뒤졌다. 어디에서도 언니의 소식을 찾을 수 없었다. 토막글은커녕 한 줄 기사로도 나오지 않았다. 자살 시도가 그만큼 흔하게 일어나는 사건 사고인 걸까? 무엇보다 나는 언니가 그런 일을 벌였다는 데 무척 놀랐다.

인서울 의대. 그게 목표가 아니라면 언니는 이미 대학생이 되고도 남았다. 고집스레 삼수까지 하는 게 내 눈에는 참 융통성 없어 보였다. 공부한답시고 까칠하게 구는 건 못 봐줄 노릇이지만, 부모님 말을 고분고분 잘 듣는 언니가 미련한 바보 같아 불쌍하기도 했다.

모의고사 날, 언니는 학원 옥상에서 난동을 부리다 쓰러져 병원에 실려 갔다. 엄마는 뛰어내리지 않은 것만으로도 다행이라며, 정신 나간 사람처럼 한 말을 하고 또 했다. 아빠에겐 말하지 말라며, 나만 입 꾹 다물면 된다고 했다.

서울에서 지방으로 발령받아 가뜩이나 아빠 속이 말이 아닐 텐데 이런 일로 걱정 끼치면 안 된다며 길게 사설을 늘어놓았다. 아빠와 통화할 일이 없는데도 연거푸 강조하는 엄마에게 화가 불쑥 치밀었다.

"아, 알았다고. 그만 좀!"

그제야 엄마는 밥 챙겨 먹고 먼저 자라는 말을 남긴 뒤, 언니가 입원해 있는 경기도 이천의 병원으로 달려갔다.

콧물을 닦던 냅킨으로 이마를 문지르다 눈가를 꾹 눌렀다. 고등학생이 되어도 '헐떡헐떡'은 여전히 나를 울렸다. 매장에서 제일 순한 맹떡도 한입 베어 물자마자 신음이 절로 새어 나왔다. 떡볶이 한입에 쿨피스 한 모금을 입에 가둔 채 친구들이 하는 얘기를 들었다. 간만에 경들과 함께해서 그런가. 마치 중학교 때로 돌아간 듯했다. 고작 삼 개월 전인데, 한 이

삼 년은 지난 것 같았다.

휘경과 보경은 따로 받은 불떡 소스에 맹떡을 찍어 먹으며 좀 전에 마친 모의고사 얘기를 열나게 주고받았다. 확실히 고등학교 생활이 우리의 많은 부분을 바꿔 놓기는 했다. 먹을 때는 절대로 안 하던 시험과 성적, 대학 이야기를 아무렇지도 않은 듯이 하고 있는 게 그랬다. 어쩌면 학교가 가진 특성 때문인지도 모르겠다.

열정 가득한 교사들이 내뿜는 젊고 활기찬 분위기 속에서 수업은 꽤 흥미진진한 편이었다. 숨이 막힐 만큼 규율이 엄격한 중학교를 다녔기에 학생들의 개성을 존중해 주는 고등학교가 마음에 들었다.

교복 구입하는 날에는 친구들과 치마를 무릎 위로 확 자르고 슬리퍼까지 맞춰 신으며 뒤늦게 얻은 교복 패션의 자유를 맘껏 누렸다. 채 한 달도 안 되어 체육복과 생활복을 번갈아 입고 등교하는 게 제일 편하다는 걸 알게 되었지만.

문제는 학생들의 열정과 경쟁심이 천장을 뚫고도 남는다는 데 있었다. 영재 학교와 과학고에 지원하려다 포기한 친구들이 반마다 네댓 명씩은 있었다. 그 아이들은 수행 평가와 각종 대회, 봉사 활동에 목숨을 걸다시피 했다.

나서기 싫어하는 내가 뭐라고 할 건 아니지만, 그 과도한 의욕들에 괜스레 주눅이 들곤 했다. 이런 기분을 쉽사리 토로할 수도 없는 것이, 당장 내 앞에 있는 경들도 마찬가지였기 때문이다.

휘경은 국제고에 진학하려다가 생각을 바꾸어 선택한 학교가 여기였고, 보경 또한 자기 오빠가 나온 학교라면서 기어코 나를 끌어들였다. 사실 나야 뭐, 집에서 제일 가까운 학교가 이곳이었기에 입학을 당연하게 여겼다.

공부야 어딜 가든 나 하기 나름 아닌가? 생각하면서 친구들 손을 잡고 시시덕거리며 입학했는데, 그런 안이한 생각 때문에 지금 벌을 받는 것만 같다. 수업이 시작되면서 정신이 번쩍 들었다고나 할까? 성적은 친구들이 끌어올려 주는 게 아니었다. 뒤늦게 후회해도 아무 소용 없지만.

그러고 보면 나란 인간도 참 한심하다. 기껏 맹떡 따위에 정신을 못 차리고 있으니 말이다. 몽롱해진 정신을 수습할 틈도 없이 휘경이 대뜸 물었다.

"한별아, 언니 기숙사 어떻대? 언니도 모의고사 봤지?"

"한빛 언니야 막 찍어도 정답이지."

보경이 물어보나 마나라는 듯이 대꾸했다. 저 확신은 어디에서 나오는 걸까?

"찍는다고? 언닌 이것도 안 쓸걸."

휘경이 포크를 들어 올리며 쐐기를 박았다. 나는 둘의 대화를 들으며 입안의 매운 기운을 몰아낼 요량으로 입김을 내뿜었다. 경들은 아랑곳없이 계속 대화를 주고받았다.

"하긴, 재수도 언니처럼 서울의냐 지방의냐로 고민해야 각이 서지."

"우린 내신 잘 챙겨서 수시, 수~쉬."

경들은 언니 이야기를 주고받으며 맹떡에 불떡 소스를 듬뿍 찍어 입에 넣었다. 나는 그 모습을 바라보는 것만으로도 매워서 연신 혀를 내둘렀다. 당장 수도꼭지에 입을 대고 혀를 박박 문지르고 싶게 만드는 매운맛이건만, 경들은 무심하게 잘도 먹었다. 나도 용기 내어 맹떡에 불떡 소스를 살짝 찍어 입안에 넣었다. 소스가 혀끝에 닿는 순간, 불에 덴 듯 화끈거려서 얼른 물을 들이켰다.

"우리 학교 수~쉬 결코 쉽지 않아. 쟁쟁한 애들이 좌악. 그런데 별아, 그렇게 매워? 얘, 쓰러지겠네."

보경이 넉살 좋게 말하고는 검지를 세워 흔들었다. 표정관리가 잘 안 되었다. 빈 컵을 들고 허둥대다가 휘경이 따라

주는 물을 마시고 간신히 고비를 넘겼다. 휘경이 피식 웃으며 말했다.

“나, 한별이가 여기 오자고 해서 깜놀.”

“불떡 소스, 정말 불맛.”

내가 헐떡거리며 간신히 말을 내뱉자 경들이 엄지를 척 올렸다. 시도가 가상하다나? 경들은 시험 스트레스로 자극이 필요했는데, 적절한 때 내가 연락해 주어서 고맙다고 했다. 휘경은 내신 잘 받으려고 선택한 학교에서 피를 봤다며 툴툴, 보경은 공부 못한 오빠 때문에 자기에게 집중된 엄마의 시선이 불편하다고 툴툴.

그러더니 대뜸 내가 부럽다고 했다. 둘의 시선이 별안간 나에게로 쏠렸다.

“아니, 왜 갑자기?”

“엄마가 너한테 잔소리 안 하시지?”

보경이 마치 탐정이라도 되는 듯이 확신에 찬 목소리로 물었다.

“무슨, 많이는 안 해도…….”

“그건 언니가 잘해서 그런 거야.”

“어? 어!”

마음 한쪽이 뜨끔했다. 친척들에게 더러 듣는 말이었다. 엄마는 나에게 잔소리를 안 하는 만큼 관심도 없었다. 순간, 언니의 자살 소동 이후 입조심하라고 신신당부하던 엄마 얼굴이 떠올랐다.

입맛이 뚝 떨어져 그대로 젓가락을 내려놓았다. 상안검인가 하는 수술로 치켜 올라간 엄마 눈은 그냥 보기에도 화난 표정인데, 인상까지 쓰면 정말로 봐주기가 힘들었다. 고개를 돌리고 안 보면 무시한다고 하니, 멀뚱히 바라보면서 그 고통을 온전히 혼자 감당해야 했다.

언니가 왜 그랬는지 궁금한 마음을 친구들에게 털어놓지 못해 답답했다. 나는 둘에게 슬쩍 물었다.

"경들아, 모의고사가 그렇게 중요해?"

"대학 지원서 쓸 때 잣대가 되는 거잖아. 왜, 많이 못 봤어?"

"나도 폭망, 다음엔 희망?"

보경의 라임에 눈썹을 치켜세우며 잉? 하다가 다 같이 풋! 웃고 말았다. 어차피 다들 탈탈 털렸다고 하면서 내 어깨를 가볍게 토닥여 주었다.

나는 언니가 모의고사를 보고 난 뒤 우발적으로 소동을 벌인 건지, 아니면 이십 년 넘게 억눌려 있던 걸 해소하기 위해 치밀한 준비 끝에 실행에 옮긴 건지 도저히 알 수가 없었다.

내 머릿속에는 시험 좀 망쳤다고 옥상에 올라가는 일 자체가 아예 선택지에 없었다. 시험 끝나면 맛있는 거 먹으며 황량한 속을 달래는 게 먼저였다. 사실 친구들에게 떡볶이를 먹자고 한 데에는 스스로를 격려하고픈 마음이 더 컸다. 결국 경들에게 언니의 자살 소동에 대해서는 입도 뻥긋 못 했다. 그렇긴 해도 모의고사에 목숨 걸지 말자는 말은 진짜 진심이었다.

집에 돌아와 언니 방 문을 열자 책상과 빈 의자가 눈에 들어왔다. 평상시에 문을 열면 언니는 저 의자에 앉아 뒷모습만 보여 주었다. 엄마 심부름으로 간식 쟁반을 두고 나올 때면 언니가 사람이 아니라 마네킹 같다는 생각이 들곤 했다. 도대체가 옆을 보지 않았다. 언니 앞에만 서면 내가 투명 인간이 된 듯했다.

책꽂이에는 각종 문제집이 숨 막힐 정도로 빽빽이 꽂혀 있었다. 문제집들이 나에게 들러붙어 자기 좀 봐 달라고 떼쓸 것만 같아 고개를 한쪽으로 돌렸다.

다 풀었으면 바로 버리지, 왜 해가 지나도록 모아 두는지 정말 모르겠다. 설마 언니도 풀지 않은 게 있을까 싶어서 아무거나 꺼내 보았다. 책장을 휘리릭 넘기는데, 색색의 볼펜으로 쓴 작은 글씨가 빼곡했다. 마치 벌레들이 기어 다니는 것 같아서 얼른 덮어 책꽂이 위에 아무렇게나 올려놓았다.

서점의 참고서 서가 한켠을 그대로 옮겨 둔 것 같은 언니의 책장 옆에는 한동안 봉사 활동한답시고 들고 다니던 첼로가 가방에 담긴 채 놓여 있었다. 자세 교정을 위해 배운 골프 기구도 가방째 한 자리를 차지했다. 나에게는 기회조차 오지 않은 고상한 취미들이었다.

나는 침대 옆 안마 의자에 앉아 전원 버튼을 눌렀다. 기계가 몸을 우그러뜨리면서 압박해 오는 느낌이 좋았다. 60개월 할부로 들여놓은 이 안마 의자를 거실에 두고 온 가족이 편하게 이용하자고 몇 번을 말해도 엄마는 들은 척도 하지 않았다. 척추 측만증이 있는 언니를 위한 거라고 하면서 기어이 언니 방에 뒀다. 나는 언니가 없는 시간에 방에 몰래 들어와 안마를 받곤 했다.

뭐든 언니 위주로 돌아가는 집안 분위기가 싫어서 빨리 독립하는 게 내 버킷 리스트에 있다. 뭐 하면서 살지를 아직 결정하지 못한 게 문제라면 문제지만.

안마 의자에 앉아서 침대 머리맡에 놓인 일곱 색깔 무지갯빛 곰 인형을 물끄러미 바라보았다. 어린애처럼 침대 머리맡에 곰 인형을 줄 맞춰 세워 놓은 언니의 정신 상태를 도무지 이해할 수가 없다.

그때 휴대폰 진동음이 울렸다. 반사적으로 바지 주머니에 손이 갔지만, 내 몸을 결박한 안마 의자 때문에 마음대로 움직일 수가 없었다. 그러고 보니 엄마 성화에 쫓겨 급히 오느라 휴대폰을 거실 소파에 두고 왔다. 그런데 이건 어디서 나는 소리지?

한참이나 계속되는 진동음이 신경 쓰였다. 제발 받아 달라고 을러대는 것만 같아서 안마 의자 전원을 끄고 일어났다. 드르르르륵, 마룻바닥이 울렸다. 하지만 정확히 어디서 소리가 나는지 알 수가 없었다. 몸을 숙여 책상 아래를 보니, 휴대폰이 충전기에 꽂혀 있었다. 언니가 일요일 오후에 기숙사로 돌아갈 때 미처 챙기지 못한 모양이었다. 휴대폰과 떨어져 살 수 있는 언니가 그저 놀라웠다.

코드를 뽑아 내던지고 휴대폰을 집어 들었다. 문자 내용이 고스란히 보였다. 엄마가 비번 걸지 말라고 해도 매번 패턴을 달리해 설정하는 나와 달리, 언니는 순진하게도 엄마 말을 아주 잘 들었다.

엄마한테만 물렁한 '강한빛'이라니. 치, 이름값도 못했다.

휴대폰의 문자 메시지를 들여다보았다. 화장품 할인 이벤트 알림에 이어 학원 광고, 체력 증진에 좋다는 영양제 할인 쿠폰이 도착해 있었다. 고득점을 하게 해 준다는 재수 종합학원에서 걸려 온 부재중 전화도 있었다. 딱 봐도 싹 다 쓸모없는 문자들이었다.

메시지함이 하도 헐렁해서 한눈에 훑어볼 수 있었다. 공부 잘되냐고 묻는 '은영', 안부를 묻는 척하며 자신의 대학 생활을 자랑하는 '서린'……. '멘토 새끼'는 인턴 생활에 봄은 없다며 자조적인 톡을 자주 보내왔다. 언니가 이런 날것의 닉네임을 쓴다는 게 의외였다.

언니가 친구들과 주고받는 이야기는 내 것과 별반 다르지 않았다. 초성으로 끝나거나 이모티콘으로 한 대답이 많았다. 필요한 말만 짧게 하고 대체로 시큰둥한 표정으로 일관하는 언니의 태도는……, 휴대폰 속에서도 재수 없었다.

나는 휴대폰에 대고 "병맛!"이라고 외쳤다. 이걸 언니에게 갖다줄까 말까 망설이다가 엄마가 부르는 소리에 서둘러 방을 나왔다.

창밖으로 날리는 벚꽃을 바라보다, '당신의 화려한 봄이 가고 있는 게 보이나요?'라는 문구가 떠올라 사진을 찍은 뒤 인스타그램에 올렸다. 어떤 이야기와 잘 어울릴지 머리를 굴리는데 눈앞의 풍경과 정반대의 음악이 흘러나왔다. 강렬하고 힘이 넘치는 연주였다. 나는 무언가에 홀린 듯이 유튜브 화면에 눈을 고정했다.

새침한 표정에 곱고 가녀린 외모와 달리, 힘차고 거침없는 연주로 열두 살 때 이미 세상의 이목을 집중시킨 천재 바이올리니스트 메리 듀에나. 중학교 때 음악 선생님 소개로 알게 된 연주자다. 클래식은 잘 몰라도 그 당시 나와 동갑이던 이 연주자의 음악은 빠짐없이 찾아보았다. 오케스트라를 거느린 큰 무대에서 도도하고 당당하게 자기만의 세계를 보여주는 연주 실력에 나도 모르게 얼이 빠져 바르르 몸이 떨리곤 했다.

연주자가 궁금해 인터넷을 뒤져 보았지만 흔하게 올라올 법한 개인 정보나 인터뷰가 전혀 없어 아쉬움이 컸다. 그렇다고 연주자의 인스타그램에 들어가 영어로 더듬거리며 인사하고 싶은 마음은 없었다. 불과 열일곱의 나이에 이런 성과를 이루었다니, 그저 감탄하면서 찬사를 아끼지 않을 뿐이다.

갑자기 이어폰이 쑥 빠지면서 억센 목소리가 끼어들었다. 엄마의 교양 없는 행동은 더 말해 무엇하랴. 나는 조금 지친다는 표정으로 엄마를 쳐다보았다. 그래, 엄마만의 특권이라고 인정해 버리자.

"아, 왜?"

"차에 연결해서 들으라고."

좋은 말로 해도 될 것을, 꼭 저래야 할까?

바이올린 연주가 차 안을 통째로 휘감았다. 엄마가 놀란 표정으로 나를 보았다. 또 왜? 하는 눈빛으로 엄마를 보다가 목소리를 살짝 낮췄다.

"이 곡, 알지?"

"바이올린 연주잖아."

"악기 말고."

"뭔데? 베토벤? 모차르트?"

"엄마, 좀 챙기면서 살아."

"이게 뭐라고 챙기라 마라야? 가뜩이나 네 언니 때문에 속이 난장판인데."

바이올린 선율이 격정적으로 올라가는 클라이맥스에서 엄마가 버튼을 눌러 음악을 껐다. 곧이어 손에 쥔 휴대폰에서 바이올린 소리가 크게 울렸다. 엄마가 그것마저 끄라고 소리 질러서 블루투스 설정을 급히 바꾸었다. 순간, 억울한 마음이 치솟았다.

"엄마, 나 태교할 때 맨날 들었다며?"

"뭐?"

"파가니니."

엄마는 입을 꾹 다문 채 앞만 보았다. 내비게이션을 보니 한 시간은 더 가야 언니가 누워 있는 병원이 나왔다. 이어폰을 귀에 꽂는 찰나, 엄마 말이 끼어들었지만 일부러 무시했다.

"너, 어제 모의고사 어땠어?"

이 자리에 앉아 엄마에게 매번 저 말을 들었을 언니를 생각하니 가슴이 답답해졌다. 언니에게 빙의라도 된 걸까? 학교에서 학원으로, 과외로 잠시도 떨어질 틈 없이 엄마와 항상 함께 움직였을 언니가 새삼스럽게 안쓰러워졌다.

토요일 오후 두 시, 병실 안은 암막 커튼에 가려져 어두컴

컴했다. 엄마가 의료진의 호출로 자리를 비워서 나만 덩그러니 병실에 남겨졌다. 언니를 한참 들여다보았다. 침대에 누워 자는 언니를 본 기억이 별로 없어서 낯설었다. 간혹 자다 깨어 화장실에 갈 때면 언니 방의 문틈으로 어김없이 불빛이 새어 나왔다. 그럴 때마다 나는 고개를 흔들며 중얼거렸다. 그래, 너 '빛' 맞아.

언니의 표정은 더없이 편안해 보였다. 그동안 못 잔 잠을 병원에서 실컷 자는 것 같았다. 평상시 깨어 있을 때도 저런 표정이라면 절대 언니와 싸울 일은 없을 것 같았다. 병실 천장에는 '청소년 마음 쉼터'라고 써진 투명 아크릴 팻말이 걸려 있었다. 나도 누워 있게 해 주세요, 라고 말하고 싶은 충동이 일었다. 순간, 언니가 눈을 번쩍 떴다. 나도 모르게 비명이 터졌다.

"으악!"

"어, 여기 어디야? 집인가?"

언니가 노곤한 목소리로 물었다. 놀란 가슴을 쓸어내리며 생각했다. 놀려 주자!

"집이야, 집!"

"아함, 씨! 아, 폭망! 왜 집인데……?"

어린애처럼 탄식하는 걸 보니, 언니도 나처럼 집이 되게 싫었던 모양이다. 놀리고 싶은 마음이 사라져 사실대로 말했다.

"병원이야."

"몸에서 심장을 꺼낸 다음에 막 새 심장을 넣고 전원 버튼을 누르는데, 삐이이……."

잠꼬대인지, 아니면 잠이 덜 깬 건지……. 언니가 알아들을 수 없는 말을 했다.

"안 살아나. 나는 의산데 인간을 왜 못 살리지? 순간, 겁이 났어. 끝까지 책임져야 하는데 일단 도망가자. 얼른 가자. 깨자, 하고 눈을 떴지."

"대단해, 꿈도 조절하고."

공부 스트레스를 너무 많이 받는 듯했다. 차라리 의사의 꿈을 접는 게 어떠냐고 묻고 싶었다. 그 말도 언니에게 충격이 될 것 같아서 입을 다물었다. 여기는 청소년의 마음을 쉬게 하는 방이니까 절대 안정이 필요할 터였다.

나는 손에 들고 있던 곰 인형을 내밀었다. 좋아할 줄 알았는데, 뜻밖에도 본체만체했다.

"지겨워."

"뭐?"

"엄마."

"대놓고 말해."

"맘충."

생각지도 못한 언니의 말에 나는 크크크 웃었다.

"단짝한테 그래도 돼?"

"뭐래? 넌 엄마가 단짝이니?"

언니가 토라지듯 말했다. 곰 인형도 엄마가 사다 놓은 거라는 말을 듣는 순간, 내 얼굴에서 웃음기가 싹 달아났다.

"아, 엄마 진짜 치사하다. 나는 하나도 안 사 주고."

그러자 언니가 다 가지라고 했다. 내 취향 아니거든, 뒤끝을 올려 말하며 여기도 순전히 엄마 잔소리 때문에 따라온 거라고 되받아쳤다. 언니는 입을 꾹 다문 채 별다른 말이 없었다.

"쪽팔리게 옥상에서 왜 그런 거야?"

내 말이 채 끝나기도 전에 병실 밖에서 엄마 목소리가 들렸다. 언니가 작은 목소리로 "나, 미친 거다. 알았지?" 하고 이불을 머리 위로 끌어 올렸다. 언니, 너 좀 미쳤어. 인정!

어이가 없어 곰 인형을 들고 우두커니 서 있는데, 곧이어

문이 열렸다.

"언니, 아직 자니?"

나는 고개를 끄덕였다. 엄마는 언니 상태가 심각하지 않아, 안정을 찾는 대로 퇴원할 거라고 했다. 그러고는 목소리를 낮춰 옆방과 그 옆방, 맞은편 방에 누워 있는 환자들의 상태를 들려주었다. 기숙 학원이 많이 모여 있는 동네라 그런지, 병원에 별의별 학생들이 다 있었다. 상태가 호전되지 않아 반년 넘게 누워 있는 재수생도 있고, 틈만 나면 자해를 해서 침대에 온몸을 결박해 둔 환자도 있다나? 언니 정도 상태는 병 축에 끼지도 못한다고 했다.

이 이야기를 다 듣고 있을 언니가 신경 쓰여 엄마 입을 막고 싶었다. 다행히 화제가 병원 로비에서 학원 실장을 만난 이야기로 넘어갔다. 기숙 학원에 물의를 일으키면 바로 아웃이지만, 언니의 경우는 저 혼자 팔짝팔짝 뛰다가 쓰러진 거라서 병원 진단서를 내면 다시 수업을 들을 수 있다는 거였다. 엄마는 들어가기 힘든 기숙 학원임을 여러 번 강조하고는, 혹시라도 쫓겨날까 봐 전전긍긍했는데 정말 잘되었다며 안심했다.

"그래도 언니 얘기를 듣고 결정해야겠지?"

엄마 말에 나는 잘못 들었나 하고 귀를 의심했다. 그 누구의 말도 듣지 않고 오로지 혼자 판단하고 결정하고 통보하던 엄마가 대체 웬일이지? 나는 엄마 생각이 바뀌기 전에 얼른, 하는 심정으로 언니를 흔들었다.

순간, 엄마가 깜짝 놀라 내 손을 툭 쳤다. 매운 손맛과는 비교할 수 없을 만큼 조용하고 나긋하게 언니 이름을 불렀다.

"강한빛, 한빛, 빛!"

엄마가 노래 부르듯, 아기 다루듯 조심스럽게 언니를 깨우는 모습에 또 한 번 속이 뒤집혔다. 나를 저렇듯 다정하게 부른 적이 있던가? 생각을 하는데 언니가 어설프게 눈을 뜨고 일어나려 했다. 어색하다, 어색해! 나는 속으로 중얼거렸다. 엄마는 언니 이마를 짚어 보더니 그냥 누워 있으라며 토닥였다. 그러고는 나한테 한 얘기를 언니에게 똑같이 한 뒤 어떻게 하겠느냐고 물었다.

"여기 조금 더 있다 학원에 들어갈게요."

"괜찮겠어? 힘들면 집으로 가고."

"분위기 좋아요."

"그런데 옥상……, 아니야. 그래, 그렇게 해."

엄마는 서둘러 자기 말을 자르고는 병실을 나갔다. 나는 창 쪽으로 가 커튼을 젖히고 창문을 활짝 열었다. 차가운 바람이 훅 들어와 어깨가 움츠러들었지만, 그대로 뒤돌아 자리로 돌아왔다.

4월인데도 이곳은 산자락에 외따로 있어 그런지 날씨가 조금 추웠다. 창밖으로 하늘이 보여 답답함이 좀 가셨다. 화창해서 푸른빛이 감도는 봄날, 솜사탕 같은 구름 한 자락 톡 떼어 먹고 싶은 토요일이었다. 입안에서 살살 녹는 솜사탕을 상상하니 침이 고였다. 초록빛을 머금은 나무에 눈인사를 건네다 이곳이 병원이라는 걸 잠시 잊었다.

목소리를 낮춰 언니에게 말했다.

"나한테 사과해."

"뭐?"

"새벽에 내 통화 엿듣고 나서, 언니 네가 그랬잖아. 그런 식으로 살면 대학 못 간다고."

"내가? 언제?"

"모른다고 하면 다야? 이제까지 말 안 하고 지낸 게 그거 때문이잖아."

언니는 뭔가를 골똘히 생각하더니, 짧게 미안하다며 오기로 잘해 볼 계획을 세우라고 했다.

"사과도 꼭 그렇게 해야겠어? 언니, 진짜 미워."

"그래, 난 미움 받을 자격이 충분하지."

어디서 많이 듣던 말 같은데……. 자포자기에 가까운 언니 말투에 마음이 한풀 꺾였다. 언니 휴대폰의 메시지함에 넘실대던 문자가 떠올랐다.

> 독한 년, 네가 그러고도 잘되나 보자. 의대 간다더니 지방으로 내려갔네. 네가 잘되면 난 너를 마구마구 흔들 거야. 조심해.

진동음이 길게 울렸다. 가방에서 휴대폰을 꺼내려다 멈칫했다. 내 것이 아니라 언니 거였다. 잠깐 망설이다가 휴대폰을 슬그머니 꺼내 언니에게 건넸다. 이걸 왜 네가 갖고 있냐고 따질 줄 알았는데, 언니는 아무 말 없이 받아 들었다. 고맙다는 말 따위는 기대도 안 했다.

화면을 쳐다보던 언니가 전원 버튼을 꾹 눌러 휴대폰을 껐다. 언니를 흔드는 전화인 것 같아 가만히 있었다. 언니가 묻지도 않은 말을 했다.

"사수생이 사귀자는데 정상이냐?"

"아."

"너, 내가 옥상에서 왜 그랬는지 알아?"

"뭐래, 거기서 할 게 자살……밖에 더 있어?"

내가 정색하며 말하자 언니가 상관없다는 듯이 오른손으로 브이자를 만들었다.

"뭐?"

"시험 마치고, 옥상이 아지트거든."

관리인이 쫓아와 언니 앞을 막았다고 했다. 당연하지. 학생이 옥상에서 뛰어내리려는데 가만있을 수 없었겠지. 내 머릿속에 영화 속 한 장면이 그려졌다.

언니가 다시 입을 열었다.

"아, 금단 현상이 이런 거구나 싶어 길길이 날뛰었지."

나는 무슨 말인가 싶어 어리둥절했다. 언니가 손으로 브이자를 보일 때는 시험을 잘 봤다며 자랑하는 건 줄 알았다. 그런데 그게 그 표시가 아니라는 걸 그제야 깨달았다.

"흡연!"

순간, 볼이 확 달아올랐다. 어이없어 웃음이 터졌다. 미친, 엄마가 알면 어쩌려고! 언니, 너?

"그러니까 기숙사가 개오지……, 농담이고 그날 이후 끊었어."

"그게 맘대로 돼?"

"내 마음이잖아. 너무 바보 같아서."

"안 하던 코미디를 다 하고, 진짜 학원에서 문제 있는 건 아니고?"

"좋아. 누구 없으니까 더 잘돼."

"누구? 나?"

"……."

내 말에 고개를 끄덕이지 않는 걸 보니, 일단 그 누구가 나는 아닌 듯했다. 엄마를 두고 하는 말인가? 아님 친구들 얘기인가 확인하려다가 말았다. 대신 진짜 궁금한 걸 물어보았다. 내가 풀어야 할 숙제의 답이지만, 똑똑한 언니에게 직접 듣고 싶었다.

언니의 대답은 단호하고 명쾌했다.

"공부 좋아서 하는 사람이 어디 있어? 잘하면 여러모로 좋으니까 하는 거지. 내 인생인데. 아! 급공부하고 싶다. 뭐 없니?"

언니가 내 가방을 쳐다보았다. 거기에 절대 들어가 있지 않을 자습서나 문제집을 찾는 눈빛이었다. 삼수하는 언니 앞에서 웬만하면 쓰지 않으려 했는데……. 가볍게 튕기듯 재섭

써! 하자 언니가 곧바로 받아쳤다.

"늘 듣는 말이야. 너도 이제 엄살 그만 부리고 네 갈 길 좀 찾아가."

"내가 언제 엄살 부렸어?"

"엄마는 네가 아플까 봐 뭐라고 안 하잖아. 그럼 네가 알아서 해야지."

"엄만 언니 돌보느라 나는 안중에도 없어. 완전 관심 밖이라고."

언니는 내가 씩씩대든 말든 뻔히 아는 얘기를 꺼냈다. 엄마는 태아에게 안 좋다는 말에 다니던 직장도 접고, 두 돌 지난 언니도 할머니께 맡긴 채 배 속의 나를 위해 내내 누워 지냈다고 한다. 여덟 달 만에 태어난 나를 인큐베이터에 넣고 많이 울었다며, 뭐든 닦달하거나 무리하게 요구하는 일 없이 오직 건강하게만 키우겠다고 마음먹었다는 이야기. 그래서 엄마가 나에게 이거 해라 저거 해라 시키지 않는다는 것까지.

이미 알고 있는 이야기인데, 언니와 나의 해석은 엇갈렸다. 언니는 항상 엄마에게 달달 볶인다고만 생각했는데, 엄마의 마음 상대가 되어 내 이야기도 담아 뒀다가 이렇게 꺼내는 걸 보면 어른 같았다. 나만, 그냥 나만 제자리에 있는 것 같아 아무 대꾸도 할 수 없었다.

"너, 5등급이랬나?"

"한우 먹을 때나 등급 따지는 거라던 아빠 말 잊었어?"

뜬금없는 등급 발언에 얼굴 위로 열이 푹푹 올랐다. 생전 내 성적에는 먼지만큼도 관심 없으면서.

"1등급만 올린다는 각오로 공부해. 4등급, 그게 최선이야."

"……."

"포기하지 말고 조금씩 밟고 올라가. 기쁨을 맛볼 거야."

내 길을 찾으라는 이야기를 병원에 누워서 하다니……. 우스웠다. 자기는 기껏 담배 때문에 오해받고 여기 와 있는 주제에.

나는 픽, 웃고 말았다. 언니는 뭐든 호기심이 발동하면 해 보고, 아니다 싶으면 금방 끝냈다. 담배만 해도 그렇다. 금단 현상에 시달리는 자기 모습이 바보 같아서 그만뒀다니, 저런 단호함도 아무나 가질 수 있는 건 아니었다.

밖에서 엄마 목소리가 들리자 언니가 또 검지를 입을 갖다 대며 눈을 깜박였다. 절대 말하지 말라는 뜻이었다. 나는 괜히 딴지 걸고 싶은 마음에 혀를 날름 내밀었다.

언니를 병원에 두고 나오는 발걸음이 가볍지만은 않았다. 메시지함에 담겨 있던 언니를 찌르는 듯한 문장들이 신경 쓰였다. 언니는 나에게 휴대폰을 건네며 집에 가져다 두라고 했다. 엄마는 언니가 부탁한 책과 문제집을 기숙사에서 챙겨다 주었다.

차에 타며 안도하는 엄마에게 파가니니의 음악을 틀어 주었다. 언니의 자살 소동, 아니 담배 소동 덕분에 우리는 어떤 비밀 하나를 공유했다. 나는 언니에게 동갑내기 바이올린 연주자의 이야기를 찾아서 번역해 달라고 부탁했다. 이 일이 계기가 되어 언니도 듀에나의 연주를 들었으면 좋겠다. 공부밖에 모르는 언니에게도 휴식 같은 음악이 필요할 테니.

엄마가 음악 소리를 줄이더니 불쑥 이렇게 물었다.

"언니가 학원에 대해 말한 거 없어?"

엄마의 안테나는 여전히 언니를 향해 있었다.

"좋대."

나도 모르게 대답이 퉁명스럽게 나왔다. 그냥 조용히 가고 싶은데, 옆에서 엄마가 나에 대한 불평을 늘어놓았다. 가족에게 관심이 없다느니, 무슨 생각으로 사는지 모르겠다느니 하면서 말이다. 나도 지기 싫어 맞받아쳤다.

"엄마, 저 음악 들으면서 배 속에 있는 나한테 뭐라고 한 거야?"

"……."

"바라는 게 뭐냐고?"

나도 모르게 목소리가 뾰족하게 나왔다. 이렇게 말하려던 게 아닌데, 하면서도 그냥 했다. 언니에게 들은 얘기가 있는데도 말이 곱게 나오지 않았다. 엄마 목소리가 다소 누그러졌다.

"사지 멀쩡하고 성격 좋은 아이가 나왔으면 좋겠다고 생각했지."

"사지?"

"그래, 동그란 얼굴에 눈 코 입 제자리에 박혀 있고, 손가락 열 개 멀쩡하고, 발가락 다 잘 움직이고……. 그러니까 몸만 튼실하면 된다고."

"겨우?"

"겨우라니, 그게 제일 중요하지. 그런데 살아가면서 욕심이 하나둘 늘어서 탈이야."

그럼 지금은 뭘 바라는지 물으려다 나한테 불리한 질문일 것 같아서 그만뒀다. 어차피 엄마의 바람에는 한참 못 미칠 테니까.

“정말 바라는 대로 태어났어. 너 정도면 성격도 좋고 얼굴도 잘생기고.”

여자애한테 잘생겼다는 표현은 좀 그렇지 않아? 하려는데 음악이 뚝 멈추었다. 휴대폰 벨소리가 크게 울렸다. 내비게이션 화면에 ‘보기보단 보경’이 떴다. 나는 얼른 블루투스를 끄고 전화를 받았다. 보경은 다짜고짜 휘경과 내일 학원 마치고 청소년 수련원에서 하는 댄스 동아리에 가입하려고 한다며 내 의향을 물었다.

“경들에게 경을 칠 일이네. 갑자기 웬 춤바람?”

보경은 아무 노래를 듣다 그냥 떠올랐다며 만날 약속을 정했다. 나 또한 장단을 맞추듯 아무 생각 없이 말했다.

“그럼 내일 만나 불떡이나 먹어 볼거나?”

“너, 쓰러질 텐데?”

보경은 이렇게 말하고 숨넘어갈 듯이 웃었다.

“경들 앞에서 넙죽 쓰러지겠소.”

“좋아, 좋아.”

보경은 대책 없이 마냥 좋아했다. 여기저기서 울리는 차량의 경적에 서둘러 전화를 끊었다. 엄마가 내게 쏘아붙였다.

"넌, 또 왜 쓰러져?"

아차, 기숙 학원 옥상에서 쓰러진 언니가 뒤늦게 떠올랐다.

"친구들끼리 농담한 걸 듣고 그래?"

괜히 엄마에게 퉁을 날렸다. 길을 헤매고 있는 엄마에게 빨리 집에 가자고 했다. 엄마와 언니와 함께한 오늘, 오랜만에 보람 있게 보낸 하루라는 생각이 들었다.

짐승의 여름 방학

"야, 짐승! 담탱이 오라잖아. 빨리 가."

골키퍼가 내지르는 소리에 본관 쪽을 보았다. 담임 얼굴은 고사하고 모든 창문이 날씨만큼 답답하게 꽉 닫혀 있었다. 공을 차다 말고 친구들이 내게로 모여들었다. 교내 방송으로 날 찾는다며, 여기 그만두고 진짜 일반고로 전학 가는 거냐며 입을 맞춘 듯 물었다. 아직 담임하고 제대로 말도 못 해 봤는데 무슨. 싱겁게 웃어넘기는 사이에 공이 반대쪽으로 힘없이 날아갔다.

"미친. 이건 무효다!"

폭발하듯이 내지른 목소리가 무색하게 친구들은 얼른 교

무실부터 가라고 재촉했다. 축구를 하면서도 교내 방송을 착실하게 챙겨 듣는 녀석들이 신기했다. 무리를 벗어나 교무실 쪽으로 걸어갔다. 축구공을 쫓아 뛸 때는 몰랐는데 지독하게 더운 날씨였다.

담임은 엄마가 전화로 부탁했다며 얼른 가방 챙겨서 집에 가라고 했다. 정확히는 가게로. 다른 말이 없는 걸 보니 담임도 자세한 사정은 모르는 것 같았다.

큰 공사를 딴 건가, 싶으면서도 이런 일로 부모님이 학교에 전화한 적이 없었기에 마음이 다급해졌다. 휴대폰에도 엄마의 부재중 전화 외에 단서가 될 만한 건 없었다. 자전거 안장에서 엉덩이가 자꾸 들썩였다.

여름 방학 동안 인테리어 알바로 돈을 벌 생각을 하자 페달을 밟는 두 발에 힘이 실렸다.

가게 문은 잠긴 채 '작업 중'이라는 팻말만 걸려 있었다. 도어 록의 비밀번호를 누르고 안으로 들어가자 열기가 후끈했다. 에어컨을 켠 뒤 냉장고에서 미숫가루 타 놓은 병을 꺼내 흔들었다. 미숫가루를 단숨에 비우고 나자 기다렸다는 듯이 가게 전화벨이 울렸다.

엄마였다.

"무슨 일이야? 학교로 전화까지 하고."

"바로 부동산 가서 계약해."

"뭐? 무슨 소리야?"

엄마는 책상 서랍에서 도장을 꺼내 가라는 말만 남기고 전화를 끊었다. 일이 바쁜지 잔뜩 흥분한 엄마 목소리가 주위 소음에 금세 묻혔다. 그때 상가 안쪽과 연결된 뒷문이 열리면서 대박 부동산 사장님이 고개를 빼꼼 내밀고 손짓했다.

얼떨결에 부동산으로 가 할아버지 한 분과 인사를 나눈 뒤, 부동산 사장님이 가리키는 곳마다 엄마 도장을 찍고 내 이름을 써 가며 계약서를 작성했다.

할아버지가 대뜸 물었다.

"김승? 이름 한번 멋지네. 한자가?"

"이길 승이요."

"쉽진 않지만 이름대로 살면 좋겠네."

가게를 내놓은 할아버지는 저녁 비행기로 중국에 들어간다며, 오늘 아니면 상가 계약을 할 수 없다고 했다. 엄마가 급히 학교로 전화한 이유를 알 것 같았다. 나는 부모님이 아는 내용인지 연거푸 묻고 답을 들은 뒤에야 조금 안심이 되었다. 휴대폰에 그 모든 대화가 녹음되어 겁낼 게 없는데도 손이 자꾸 떨렸다.

생전 처음 매매 계약서라는 걸 쓰는 역사적인 순간이었다. 엄마에게 억지 부린 게 미안했다. 엄마가 형에게서 마음이 돌아섰고, 내 돈을 지켜 주기 위해 어려운 결정을 했다는 걸 알게 되었다.

외할아버지는 살아생전에 내게 삼천만 원을 선물로 주셨다. 말로만 듣던 유산이었다. 그건 할아버지가 평생 일궈 놓은 사과나무였고, 나에게는 꿈을 펼칠 수 있는 꿈나무였다. 학교 졸업과 동시에 세계 여행을 꿈꾸며 고이 모셔 두었다. 그런 돈을 형에게 빌려주는 게 어떠냐고 엄마가 물었을 때 솔직히 어이가 없었다. 엄마도 말이 안 된다고 느꼈는지 내 눈치를 보았다. 형은 미국 유학 중에 학자금으로 제 몫을 이미 다 쓴 터였다.

언제부턴가 새벽에 걸려 오는 전화벨 소리는 공포의 신호탄이었다. 미국에 있는 형은 언제나 돈이 모자랐고, 통화 내용의 90%는 돈 좀 부쳐 달라는 내용이었다. 형은 한 달 넘게 차를 사 달라며 부모님을 졸랐다. 대학에 원서 내러 다니는데 거리가 멀다는 게 이유였다. 전화를 끊고 나면 두 분의 말소리가 문틈으로 새어 나왔다.

"고등학교 졸업을 앞둔 시기에 타국에서 대입을 준비하는 놈에게 차가 무슨 소용일까? 버스나 전철이 없는 것도 아닌데. 당신이 애를 망쳤어. 다 받아 주니까 이렇게 된 거야, 우리 형편에 유학은……. 그냥 들어오라고 해."

그런 말이 또렷이 들렸다. 부모님은 전화기를 들고 있을 때는 차마 형에게 하지 못한 말을 서로에게 마구 늘어놓았다. 나는 형에게 문자를 보냈다.

아빠 요즘 대리운전 알바하셔. 좀 참고 다니면 안 돼?

여기가 한국인 줄 알아? 와서 보고 말해.

유학 간 뒤로 형이 곧잘 하는 말은 '한국과 비교할 수 없는', '한국은 상대 못할', '한국은 아직 멀었지', '이래서 한국이 욕을 먹는 거야' 따위였다. 왠지 모르게 한국을 혐오하는 듯한 형에게 묻고 싶었다. 너는 도대체 어느 나라 사람이냐고. 똑똑한 놈들이 나라 망친다는 신문 기사가 형을 두고 하는 말 같아 휴대폰 자판을 누르는 손에 힘이 실렸다.

난 능력이 안 돼 미국 못 가.

절대 자랑 아니다.

돈 달라고 손 내미는 건?

내가 허투루 쓰니? 공부하는 데 쓰지.

공부 좀 한다고 잘난 척하기는. 형과 문자를 주고받을수록 나만 더 초라해졌다. 어렸을 때는 같이 까불고 장난치고 게임하며 놀던 사이였는데, 크면서 점점 말과 행동과 취향이 갈렸다. 이러다 가는 길이 영영 달라질까 봐 그게 조금 불안했다.

형은 고1 때 국비 장학생으로 미국 애리조나주로 유학을 떠났다. 나라에서 학비를 대 주니 돈이 들지 않는다며 부모님은 뿌듯해하며 잔칫집마냥 친척들을 불러 식사를 대접했다. 나는 도서관에 틀어박혀 공부하는 형을 대신해 친척들이 묻는 말에 대변인처럼 대답하며, 건더기는 뵈지도 않는 칼칼하고 매운 해물탕 국물만 진탕 들이켰다. 속이 얼얼했다.

일 년이 다 되어도 형은 돌아오지 않았다. 문화 체험 명분으로 간 단기 유학은 일 년 과정이었지만, 좀 더 공부하고 싶다며 부모님을 설득해 사립 학교로 자리를 옮겼다. 이후로 부모님은 형에게 학비와 생활비를 보내기 위해 더 부지런히 움직였다. 새벽에 시작한 일과가 다음 날 새벽에 끝나는 나날이 계속되었다. 두 분이 통장을 들여다보며 한숨 쉬는 모습을 자주 보았다.

중3 여름에 나는 자연스럽게 빅 데이터 정보 산업 고등학교에 원서를 냈다. 빨리 사회에 나가 돈 벌겠다고 했을 때, 부모님은 대놓고 표현은 못 해도 내심 반가웠을 것이다. 내가 일반고가 아닌 특성화고를 지원한 이유는 가족을 위한 희생과 배려, 화합, 뭐 그런 차원이지, 절대 공부가 하기 싫어서가 아니었다. 이제 와선 후회하지만.

저녁으로 여동생과 라면을 먹고 있는데, 엄마가 집으로 돌아왔다. 소파에 쓰러질 듯 기대앉은 엄마에게 계약서를 내밀었다. 엄마는 건성으로 서류를 훑어보며 중얼거렸다.

"그래, 네 몫인데 함부로 쓰면 안 되지. 형은 형이고 너는 너!"

엄마가 길게 숨을 내쉬고는 단호하게 말했다. 나는 엄마에게 인테리어 가게 하면서 코인 노래방도 할 거냐고 물었다.

"무슨 소리야? 그건 네 가게지."

순간, 머리를 한 대 얻어맞은 기분이었다. 난 원한 적 없는데? 설령 한다고 해도 노래방은 아니지 않나?

"할아버지가 너한테 준 돈하고 은행 대출 받은 거니까 잘해."

"나, 사장 되는 거야, 십 대에? 와, 그럼 피시방으로 바꿀래."

"그냥 해라."

엄마 목소리가 심상치 않아 눈치를 보면서도 할 말이랍시고 했다.

"응? 난 노래방 생각 없는데?"

"그냥 하라고. 피방은 무슨?"

정신줄 하나가 툭 끊어지며 맥이 풀렸다. 아무리 피곤해도 그렇지, 엄마 너무 무성의한 거 알아요? 때마침 여동생이 거들었다.

"작은오빠 학교는? 방학 때만 하는 거야?"

나도 모르는 일이라 머뭇거리다 말했다.

"엄마, 내 전공은 컴퓨터 공학이야. 피시방……."

"그럼 음대 나와 노래방 하냐, 이놈아? 그리고 너, 자격증은 있어? 정보 처리 기사, 뭐 그런 거."

엄마 입에서 자격증 말이 나오면 고개가 절로 꺾였다. 엄마는 뭘 하든 자격증 따기 전에는 어림없다는 말로 못을 박았다. 꼭 당신이 자격증 못 따서 인생이 꼬인 것처럼 굴었다.

내가 학교에 들어가서 한 거라고는 만화 그려 인터넷에 올리고, UCC 찍어 상금 좀 받고, 미니어처 만들어 SNS에 올려서 감정 교류한 게 전부였다. 컴퓨터를 활용해서 작품을 소개했지, 정작 컴퓨터 관련해서는 아는 게 하나도 없다는 소리다.

나에게 컴퓨터는, 게임을 제외하고는 솔직히 맞는 게 하나도 없었다. 특성화고를 만만하게 보고 선택한 것을 입학한 뒤로 줄곧 후회했다. 엄마는 한술 더 떠, 노래방 간판도 그냥 쓸 만하니 건들지 말자고 했다.

'우주 노래방'은 획이 몇 개 떨어져 '우수 노라바'인데, 그걸 그대로 쓰겠다니! 정말로 어이가 없었다. 나란 사람은 우수라는 단어와 결코 친하지 않을뿐더러, 노래방이라는 상호가 애꿎은 비바람에 노라바로 바뀐 것까지 아주 짠하기 이루 말할 수 없었다. 그런데 이런 간판이 쓸 만하다고? 도대체 누가 노래방을 제대로 이용이나 할지 심히 걱정스러웠다.

내 속을 아는지 모르는지, 엄마는 계약서 파일에 넣어 두었던 열쇠만 두고 자리에서 일어났다. 열쇠에는 인형이 매달려 있었다. 보풀이 인 데다 파란색 천이 까맣게 닳아 지저분하기 짝이 없는 그것은, 한때 우리의 걱정을 저 멀리 날려 보낸다나 어쩐다나 하면서 유행한 걱정 인형이었다.

찌질이! 지금 내 형편과 아주 흡사했다. 나는 열쇠를 집어 들고 인형을 꽉 움켜쥐었다가, 엄마와 형을 번갈아 떠올리며 인형 목을 사정없이 비틀었다. 인형이 괜히 빨간 스카프를 두른 게 아니었다. 마치 목이 비틀릴 줄 알고 그런 것 같았다. 휴대폰에 저장된 부동산 녹음 내용을 삭제했다. 순식간에 계약 내용도 사라졌으면 좋겠지만 그런 일은 절대로 일어날 리 없었다.

노래방은 상가 건물 바깥에 통로가 따로 있었다. 지하로 내려가는 계단은 좁고 가팔라 걸을 때 조심해야 했다. 문을 열면 눅눅한 습기와 찌든 담배 냄새, 하수도 악취가 풀풀 풍겨 코를 막지 않고는 못 배겼다. 제습기를 틀면 한 시간도 안 되어 물이 꽉 차서 시간마다 통을 비우는 게 일이었다. 도배지 위로 번진 곰팡이를 제거하느라 독한 세제를 쓴 탓에 비

염까지 생겼다.

혼자 애쓰는 모습을 보다 못한 아빠가 도배사 아저씨와 나타나 방마다 환한 색상의 도배지로 꾸며 주었다. 청춘 설계 어쩌고저쩌고하며 혼자 알아서 하라고 하던 엄마도 바닥에 눌어붙은 묵은 때를 제거하고 유리문을 닦아 주었다.

노래방이 칙칙하고 음산한 지하 동굴 같은 분위기에서 밝고 환한 카페 분위기로 변했으면 좋겠지만, 그다지 크게 확 달라지지는 않았다. 다만 눈살을 찌푸리지 않아도 될 정도였다.

엄마가 대출까지 받아 가며 돈을 보탤 때 의심했어야 했다. 생전 노래방에서 마이크 한 번 안 잡았으면서 노래방 인수할 생각을 어떻게 했을까? 열일곱, 생애 최고로 우중충한 여름에 방학까지 시작되었다.

인터넷 음악 방송을 끄자 벽걸이 선풍기가 요란한 소리를 내며 회전했다. 관절이 꺾이고 부러지는 것처럼 소리가 귀에 거슬렸다. 끄억, 꺽, 띠릭, 뜩, 힘들게 돌아가는 선풍기를 보면서 나도 목을 움직였다.

한 자세로 앉아 계속 미니어처만 만들다 보니, 목뿐 아니라 허리랑 팔다리도 뻣뻣했다. 기지개를 켜면서 선풍기를 껐다가 도로 얼른 켰다. 바람을 쐬는 게 미안할 정도로 선풍기 상태가 안 좋았지만 켜지 않고는 숨쉬기도 힘들었다.

재난 문자가 수신된 지난주에 메인 에어컨이 고장 났다. 서비스 센터에서는 이번 주에 방문하겠다고 해 놓고서 아직까지 연락이 없었다. 지하 노래방에서 의지할 데라고는 관절장애 벽걸이 선풍기와 미니어처뿐이었다. 노래방이 조용한 곳이라는 것을 여름 방학에 이곳에서 처음 알았다.

책상 위에 초밥 한 접시가 완성되었다. 휴대폰 카메라에 필터를 삽입하고 각도를 달리해 사진을 찍은 뒤 인스타그램에 올렸다. 미니어처 모형의 계란, 새우, 연어, 광어 초밥과 고구마, 새우튀김, 그리고 냉모밀 한 그릇에 #짐승식당 #미니어처 #점심식사 #일식 #요리를 나열했다. 모데나 점토로 만든 모형이지만, 제법 그럴듯해 볼수록 입에 침이 고였다.

배를 움켜쥔 채 조회 수가 올라가는 것을 지켜보며 허기를 달랬다. 실시간으로 늘어나는 댓글에 입가가 간질간질했다. 이웃들이 가상으로 재현해서 들려주는 음식 소리가 마치 ASMR처럼 생생하게 들리는 듯했다. 크흐크흐, 웃음이 흘러나왔다. 점점 화면에 빠져들었다.

ㄴ쩝쩝짭짭후르륵후룩, 질겅질겅꾸울꺽

ㄴ눈이 황홀한 점심시간, 입은 어쩌죠?

ㄴ이건 고문이야. 눈으로만 먹어야 한다는 게!

ㄴ여긴 일본 나가사키 : 고치소사마데시타

이웃들이 환호하며 너나없이 한 접시 더! 달라고 외쳤다. 점심시간에 식당이 아닌 컴퓨터나 휴대폰을 끼고 있는 걸 보면, 다들 점심도 못 먹고 일하는 것 같았다. 댓글에 일일이 답을 다는 게 일식집에서 일하는 것만큼 분주하고 정신없었다. 그러는 와중에도 기다리는 사람은 끝내 나타나지 않았다.

꼬르륵 소리가 크게 울렸다. 이건 진짜 배에서 나는 소리다. 엄마가 챙겨 준 김밥 다섯 줄은 아침에 가게 청소 마치자마자 한입에 사라졌다. 다 큰 아들에게 꼬마 김밥 따위는 간식 축에도 끼지 못했다.

중국집에 전화해 세트 메뉴를 시켰다. 노래 2곡에 오백 원, 4곡에 천 원, 40곡을 부를 돈으로 짬짜탕을 시키는 게 살짝 고민이 되지만, 배불리 먹고 힘내서 잘하면 된다고 마음을 다독였다. 반반이지만 각기 다른 그릇에 담겨 오는 짜장면과 짬뽕, 거기다 구색을 갖춘 탕수육을 생각하자 군침이 돌았다.

노래방 사장이 된 뒤로 모든 값을 노래방 곡 수로 따지는 버릇이 생겼다.

짜장면을 막 입에 넣는데 가게 문이 열렸다. 먹을 때는 손님도 반갑지 않은데 하필이면 혁재였다. 밖에 비 와? 물으려다 말았다. 물세례를 맞은 듯 온몸이 젖어 있었다. 혁재는 인사도 하는 둥 마는 둥 하고서 벌겋게 달아오른 얼굴로 곧장 카운터로 가더니 책상 아래에서 상자를 꺼냈다. 다른 날처럼 택배를 풀 생각도 하지 않고 의자에 앉는 게 불안했다.

나는 짜장면 그릇을 품 안에 안아 들었다. 혁재가 탕수육 접시의 비닐을 벗기는 척 짬뽕 그릇을 냉큼 자기 앞으로 가져갔다. 뒤늦게 손을 내밀었지만 잡히는 게 없어 머쓱했다. 목에 보호대를 하고 있는데도 녀석은 행동이 재빨랐다.

"야, 아직 개시 전이야."

"오호, 짐승 사장님 역시."

혁재가 엄지손가락을 올리며 후루룩 후룩 면발을 그대로 삼켰다. 손님 좀 데려오라고 하자 날이 더워 도로에 차도 안 다닌다고 했다. 탕수육을 연거푸 입안에 집어넣었다.

"탕수육이 왜 탕수육인 줄 아니?"

말 같지 않은 농담을 풀어놓는 혁재에게 아무 대꾸도 하지 않으리라 다짐하고서 입 가장자리를 눌러 앉혔다.

"탕, 내려놓고 슈우우우욱, 해서 먹는다고 탕수육이라는 거야."

혁재가 젓가락에 탕수육 네댓 개를 한꺼번에 집더니 소스를 가볍게 적셔 슈우욱, 한입에 넣었다. 너너너너너, 상도덕에 어긋난 행동만 하는 놈, 남의 일용할 식사를 가로채는 놈! 말하는 시간도 아까워 얼른 탕수육을 입에 넣다가 날카로운 튀김옷에 입천장이 찔렸다.

"한 시간 후에 애들 올 거야."

짐짓 태연하게 말하는 혁재에게 나는 재빨리 탕수육 그릇을 양보했다. 노래방 홍보에 부단히 애쓰는 놈을 잠시나마 의심한 게 부끄러웠다. 노래방 안에 먹는 소리만 떠다녔다. ASMR로 편집해도 꽤 리얼하게 들릴 것 같았다. 식사를 마치고 소화제 삼아 콜라와 사이다를 마시고 있는데, 문이 벌컥 열렸다.

혁재는 벌떡 일어나 인사부터 했다. 돌쇠 기질이 다분한 녀석이다. 여동생보다 더 어려 보이는 여자아이가 이쪽으로 왔다. 양쪽 어깨에 가방이 하나씩, 손에도 신발주머니 비슷한 에코백이 들려 있었다.

"와, 신기하다. 이거 누가 만든 거예요?"

아이가 카운터 위에 올려 둔 일식집 배경과 미니어처 초밥 정식 세트를 보더니 감탄을 쏟아 냈다. 기분이 우쭐할 법도 한데 전혀 기쁘지 않았다. 대신 말이 화살처럼 날카롭게 튀어나왔다.

"여긴 무슨 일이야?"

아이가 휴대폰 카메라로 미니어처 작품을 찍으려는 걸 손으로 밀어내자 따져 물었다.

"안 돼요? 나, 이웃 많은데."

단호한 내 눈빛에 휴대폰을 거두며 아이는 무척 아쉬워했다. 어린아이가 노래방의 첫 손님이라는 것부터가 마음에 안 들었다. 게다가 지하에 있는 노래방을 겁도 없이 들어오다니. 무엇보다 초등학생을 상대할 생각 따윈 전혀 없는데, 쏭쏭 뿜뿜 대회 신청서까지 내밀어 내 얼을 쏙 빼놓는 게 아닌가! 쏭쏭 뿜뿜 대회는 노래방을 알리기 위해 기획한 오픈 이벤트였다.

혁재는 냉장고에서 캔 음료를 꺼내 와 아이에게 마시면서 얘기하자고 했고, 아이는 매실 음료로 바꿔 달라고 했다. 혁재가 재빨리 음료를 바꿔 왔다. 내가 알던 혁재가 아니었다.

아이에게 말을 높이며 친구들과 팀을 짜서 오면 더 좋은 점수를 받을 수 있다고 귀띔해 주었다. 가히 노래방 홍보 대사감이다. 한 명이라도 더 노래방에 끌어들이려는 영업 수완이 훌륭했다.

아이는 학원에 가서 친구들에게 물어보겠다면서, 오늘은 혼자 노래 부르겠다며 캐릭터 지갑을 들어 보였다. 초등학교 4학년 때 피시방에서 엄마에게 귀가 잡혀 끌려 나오던 게 떠올랐다. 여기처럼 지하였다. 나도 모르게 말끝이 딱딱하게 나왔다.

"엄마가 노래방 온 거 아셔?"

"헐!"

내 말에 아이가 혁재를 보았다.

"불러요, 말아요?"

혁재가 재빨리 아이를 데리고 방으로 들어갔다. 푸슬푸슬 웃으며 방으로 안내하는 혁재가 진짜 노래방 사장 같았다. 구십 킬로그램이 넘는 덩치가 아이 비위는 끝내주게 잘 맞췄다. 어린애가 여기 온 걸 알면 아이 엄마를 비롯해 동네 아줌마들이 노래방 앞에서 시위를 할지도 모른다. 혁재가 방에서 나오며 손으로 동그라미를 만들더니 승주 엄마와 통화했다고 했다. 이미 아이와 이름까지 주고받다니, 나는 대단한 말을 들은 것처럼 두 눈이 휘둥그레졌다.

"오혁재 재능 발견! 딱이네, 노래방 네가 해라."

"일없다."

"그럼, 알바 오케이?"

"얼마 줄 건데?"

"종일…… 맘껏…… 소리 질러."

"미성년자 노래방 알바 금지야, 인마. 넌 부모 잘 만나 여기 있는 거고. 그리고 이거, 안 보여?"

혁재가 목에 두른 보호대를 가리켰다. 며칠 전에 친구들 만나러 간다며 서두르다가, 노래방 1층 계단에서 엎어지고 얻은 잔인한 증거다. 냉면 얻어먹고 줄행랑칠 때 알아봤다. 녀석은 그때 자기 좀 잡지 그랬냐며 오히려 나를 원망했다. 얼굴 위로 주르르 흐르는 땀을 닦을 때마다 나는 걱정하는 척하며 속으로 실컷 웃었다. 가만히 있어도 더운데 어쩌냐?

혁재가 턱으로 모니터를 가리켰다. 자기가 앉을 테니 앞을 치우라는 뜻이었다. 나는 책상 위의 잡동사니를 챙겨서 자리를 벗어났다. 혁재는 책상 앞에 앉자마자 키보드를 끌어안더니 내가 열어 놓은 창을 닫고 중고 물품 사이트로 넘어가며 말했다.

"코딱지만 한 거 만들다 병 걸리겠다, 큰 덩치가."

"덩치는 당근 너지."

내가 미니어처에 푹 빠진 것처럼, 혁재는 중고 물건을 낚는 일로 전공과 미래를 도모했다. 장래 희망을 무역 쪽으로 정한 뒤로 더 활발하게 거래에 매달렸다.

집으로 오는 택배를 엄마가 자꾸 반송시킨다며 아예 주소를 노래방으로 옮겼다. 내가 노래방을 차리고 하는 일이라곤 미니어처 만들기와 혁재의 택배를 받는 게 전부라고 해도 과언이 아니다.

나는 무심한 척 물었다.

"택배에 웬 영어야?"

"응, 해외 직구."

"오, 이젠 글로벌하게……. 영어, 토 나온다며?"

"내가 하냐? 형이 하지……. 하!"

순간, 혁재가 입을 다물었다.

"형 누구, 우리 형?"

"아니, 외국 형."

혁재가 더듬거리며 말하는 게 의심스러워 식탁 아래 있는 상자를 확인했다. 이번엔 내가 혁재보다 빨랐다. 상자를 껴안고 영어 주소를 손으로 짚어 가며 읽는데, 애리조나주는 아니지만 미국은 맞고 마이클은 모르는 사람이었다. 애리조나주에 있는 형이 혁재랑 택배나 주고받는다면 무지 화날 텐데 다행히 아니었다. 누구냐고 묻자 혁재는 대행업체라며 상자를 열어 비닐 포장된 티셔츠를 확인했다.

괜히 미안해서 슬그머니 문을 열고 계단을 올랐다. 머리가 핑 돌았다. 후텁지근한 기운이 온몸을 칭칭 감쌌다. 머리 위 태양의 위용은 대단했다. 눈을 뜰 수 없을 만치 빛이 강렬해 고개를 숙이며 상가 쪽으로 재빨리 걸었다.

지그재그 모양으로 맞물린 블록 틈이 헐거워 보였다. 눈알이 뱅뱅 돌았다. 상가 안으로 들어가니 인테리어 가게 문은 잠겨 있었다. 더운 날씨에 부모님은 어디로 일을 나간 것일까? '작업 중'이라는 팻말 아래 나란히 적힌 엄마, 아빠의 휴대폰 번호를 보다가 돌아섰다.

노래방에 초등학생들 한 팀만 있어서 한가했다. 집에 있던 트램펄린을 가져와 넓은 방에 집어넣었다. 어린 친구들에게는 꽤 인기가 있었다. 동생이 엄마를 졸라서 사 놓고는 그대로 방치한 것이었다. 한 팀뿐인데도 방방 뛰며 노래를 해서 실내가 제법 어수선했다.

나는 매일 보는 곳인데도 뭔가 새로운 게 없나 하는 심정으로 블로그를 들여다보았다. 혼자서 미니어처를 배우며 기웃거린 곳이 바로 '여기 신나는 미니어처 나라' 블로그다. 미니어처 재료를 판매하는 곳을 소개하고, 재활용품을 통한 작품 활용 방법도 알려 주어 여러모로 도움을 받았다. 블로거인 '여신'이 올린 독특하고 개성 넘치는 작품을 보면서 작품 주제를 잡기도 했다.

이웃으로 왕래하며 여신에게 미니어처에 대해 이런저런 조언을 듣는 것도 큰 도움이 되었다. 그렇게 작품을 수정, 보완하다 보니, 이젠 주제를 잡고 작품을 만드는 수준에까지 도달했다.

어느 순간 반짝, 여신에게서 쪽지가 왔다. 가슴이 덜컹 내려앉으면서 몸이 붕 떠올랐다.

하산해도 되겠어. #짐승 식당 #인기 좋아.

이게 다 여신님의 가르침 덕분이죠. 요즘 바쁘세요?

응, 미니어처 세계로 진입하려는데 정말 미니미니하네.

?

취업 말이야.

아, 예.

여신은 벽에 온몸을 부딪히는 귀여운 아이 이모티콘을 올렸다. 귀엽고 깜찍했다. 딴 건 몰라도 미니어처 만드는 소질 하나는 뛰어난데……. 말은 못 하고 그냥 모니터만 들여다보았다.

여신이 노래방은 어떠냐고 물었다. 나는 그동안 만들어 놓은 미니어처 작품을 보여 주었다. 여신이 엄지를 척 들었다. 나는 답글을 달았다.

가게에 아무도 없으니 맘껏.

좋은 거야?

전 좋은데 엄마는 아니겠죠.-..-

ㅎㅎ 잘해 봐.

뭘요?

뭐든.

그건 어려워요.

노래방 개업 날, 직접 만든 미니어처 화환을 보내 준 여신. 무엇보다 기다란 종이에 쓴 메시지가 마음에 들었다.

짐승의 우수 노래방, 오래오래 우수하세요.

_ 여신미나 드림

여신의 마음이 고스란히 담긴 것 같아 볼 때마다 걷잡을 수 없이 빠져들었다.

여신님, 저 돈 벌었어요. 진짜 초밥 사 드릴게요.

짐승이 만든 음식은 많이 먹어 봤으니 새로운 도전 어때?

진짜로 사 드릴 수 있는데.

진짜 같은 가짜지만 진짜 맛있게 잘 먹었어. 진짜진짜.

어떻게든 만날 기회를 노려도 여신은 부드럽게 거절했다. 랜선에서는 세상 누구보다 끈끈하게 챙겨 주는 사이인데, 정작 얼굴 한 번 못 봤다. 이름도 모른 채 닉네임으로만 불렀다. 여신은 면접 준비하러 간다며 먼저 나갔다. 나만 홀로 여신미나에 남겨졌다. '여기 신나는 미니어처 나라'에는 여신이 정교하게 꾸며 놓은 추억의 가게들이 많았다. 쌀집이나 약국, 이발소, 사진관, 놀이터 같은 곳들. 미니어처만 봐도 참 아기자기한 사람 같다.

도대체 왜 자꾸 여신에게 빠져드는 걸까? 신분도, 나이도, 처지도 잘 모른다. 단지 미니어처에 대해 아무것도 모르는 나에게 친절하다는 것 하나뿐. 방황하는 내 인생을 잡아 준 여신미나!

미니어처라는 취미 하나로 무언가를 엮으려는 건 절대 아니다. 그냥 좋아서 인사하고 싶은 거다. 다른 이유 따위는 없다. 더 앞서 나가면 이상하게 비칠지 모르니 당분간은 주어진 일에만 매달려야겠다.

휴대폰에 긴급 재난 문자가 떴다. '쏭쏭 뿜뿜 대회'가 열리는 날이었다. 안 되는 노래방을 알리기 위해 맘먹고 진행하는 이벤트인데 날씨마저 도와주지 않았다. 올해 들어 최고의 폭염이라고 했다. 휴가와 맞물려 가뜩이나 신청이 저조해서 애먹었다. 그나마 다행이라면 신청자들은 다 모였다는 것.

그래 봐야 초등학생인 맹승주와 친구들 셋, 혁재네 아파트 경로당 할머니 두 분, 그리고 상가 3층에 있는 교회 신도들이 전부지만 노래방에서 제일 큰 방이 북적거렸다. 승주는 친구들과 아이돌 그룹의 안무를 맞추느라 정신이 없었고, 목사님은 여신도 열 명과 청바지에 흰 티를 맞춰 입고 나타났다. 꼭 찬송가를 부를 것 같은 분위기였다.

혁재는 도저히 참을 수 없다며 보호대를 풀고 목을 이리저리 움직였다. 냉방기를 고쳤는데도 방 안은 열탕에 들어온 것처럼 후끈후끈했다. 선풍기 서너 대가 정신없이 바람을 내뿜어도 시원하지 않았다. 벽에 걸린 현수막이 저 혼자 펄럭이며 이곳이 대회 장소임을 알렸다.

전날까지 대회의 격을 높이기 위해 주변에서 노래 좀 한다는 친구들을 불러 모으려 했으나 학원으로, 아르바이트로, 가족 여행을 핑계로 올 수 없다고 했다. 혁재가 심사 위원으로 생각한 피아노 학원 원장님은 이미 오래전에 학원을 다른 사람에게 넘겨서 도저히 초청할 수 없었다.

결국 나와 혁재가 심사 위원이라고 쓴 이름표를 목에 걸고 노래방 기계 앞에 섰다. 혁재는 자기가 꼭 기획사 대표가 된 것마냥 기분이 묘하다고 했다. 어수선한 분위기 속에서 정각이 되자 대회 시작을 알렸다.

"쏭쏭 뿜뿜 대회를 시작하겠습니다."

"쪼매, 쪼매만."

할머니 한 분이 손을 내저으며 조그만 손지갑에서 알약 하나를 꺼냈다. 우황청심환이었다. 이런 대회는 처음이라며 환을 입에 넣고 씹는 할머니의 입 가장자리가 파르르 떨렸다. 그사이에 혁재가 컵에 물을 따라 왔다. 평상시처럼 하면 된다는 말에 할머니 표정이 어정쩡했다.

밖이 시끌시끌했다. 가게 문을 열고 들어오면서 더워 죽겠다고, 계단이 가팔라 내려오는 게 힘들다고, 왜 이리 더운 날에 하냐며, 노인들 더위 먹으면 책임질 거냐고 떼로 몰려온 할머니들이 야단법석이었다.

떨린다던 할머니는 경로당 친구들의 등장에 얼굴이 대번에 환해졌다. 열 명도 더 되는 응원 부대가 든든한지 손을 잡고 반가워했다. 더운데 여기까지 왔으니 당연히 1등 해야 한다고 엄포를 놓기도 했다.

혁재는 할머니가 다가와 1등 먹게 해 달라고 옆구리를 찌르자 완강하게 고개를 꺾다가 윽, 신음을 뱉었다. 아직 목이 성하지 않을 텐데 어쩌냐? 나도 덩달아 목이 찌릿했다.

할머니 응원 부대까지 모이자 방 안은 발 디딜 틈 없었다. 거짓말이 아니라 노래 대회가 주민들의 열기로 후끈 달아올랐다. 나는 리듬을 실어 대회의 시작을 거창하게 알렸다.

"한여름의 축제와도 같은 우리 동네 가수 왕을 뽑는 대망의 '쏭쏭 뿜뿜 대회'를 시작하겠습니다!"

티브이에 나오는 진행자처럼 웅장하게 사회를 보는데 아무 반응이 없다. 와, 하는 함성을 기대한 건 아니지만 무진장 어색했다. 눈짓을 보내자 혁재가 그제야 목을 웅크리며 박수로 호응을 유도했다. 하지만 지원자들은 서로를 멀뚱히 쳐다볼 뿐이었다. 시작도 안 했는데 대회가 이미 망해 버린 느낌이 들었다.

첫 지원자 승주를 앞으로 불러 세우자 할머니들이 먼저 하겠다고 억지를 부렸다. 양해를 구하려고 했으나 승주와 팀원들은 안무 까먹기 전에 해야 한다며 양보할 수 없다고 했다. 할머니들이 구시렁거리는 소리에도 아이들은 노래와 춤에 집중했다.

승주가 메인 보컬인 줄 알았는데 다른 친구가 노래를 불렀다. 아이들 모두 가수 못지않은 실력으로 진지한 무대를 보여 주었다.

할머니 차례가 되었다. 음악이 나오자 누가 먼저랄 것도 없이 모두 일어나 몸을 흔들며 흥얼거렸다. 내 나이가 어때서, 떼로 합창하며 흥겨운 리듬에 어깨를 들썩였다. 정작 마이크를 든 할머니 목소리는 하나도 들리지 않았다. 입에 손을 갖다 대며 조용히 하라고 하는데도 더 크게 엉덩이를, 손을 흔들며 소리 높여 외쳤다.

"야~야야! 내 나이가 어때서, 사랑하기 딱 좋은 나인데……."

노래가 끝났는데도 할머니들은 멈추지 않고 노래를 불렀다.

“이제 여그로 오면 되겠네. 매일 공짜로 노래 부르는 거지.”

한 할머니 말에 다들 맞장구를 쳤다. 나는 난생처음 할머니라는 존재가 무서웠다. 노래방이 무슨 공짜 놀이터인 줄 아나. 학생이 가게 도맡아 하는 처지 따위는 전혀 고려할 줄 모르는 몰인정한 노인네들.

목사님은 노래 부르기에 앞서 이곳에 하느님의 은총이 가득하길 바란다며 눈을 감고 기도의 시간을 가졌다. 나는 기도가 하나도 반갑지 않았다. 게다가 우리 집은 토속 신앙을 믿어서 교회 기도는 잘 안 들었다. 좋은 기운을 노래방 전체에 전하기 위해 골랐다며, 반석교회 목사님과 신도들은 〈반석의 길〉을 불렀다.

좋은 의도라 하니 그냥 조용히 들었다. 어째 교회 신도가 자기 목사님 노래 잘한다고 신청할 때부터 신통치 않더라니.

승주 팀에게 대상의 영예를 안겨 주었다. 할머니에게는 열흘에 한 번, 목사님에게는 한 달에 한 번 노래방을 무료로 이용할 수 있는 이용권을 주었다. 공정하게 심사를 본다는 것 자체가 말이 안 되었다. 같은 동네에 살면서 매정하게 딱 자를 수 없었다. 어쩌면 그게 내 기질인지도 모른다.

손님 좀 끌어모으려고 혁재와 머리 싸매고 생각해 낸 대회는 결국 무료 급식소마냥 노래를 하고픈 사람들에게 문을 활짝 열어 놓는 결과를 낳았다. 노래방의 운명이 어떻게 될지, 그건 나도 'I don't know.'다.

노래방은 조용하고 책상 위에는 미니어처만 쌓였다. 세계 유명 건축물에서 시작된 미니어처 취미가 음식, 꽃, 동물, 그 다음에는 어디로 향할지 고민하며 인터넷을 돌아다녔다. 초등학생들이 만든 작품이 눈에 띄었다.

동네 공방에서 배운 미니어처 작품이라며 올린 것에는 우주선 모양의 학교가, 프로펠러 달린 모자를 쓰고 공중을 떠다니는 아이들이, 거대한 로봇의 몸 안에서 살아가는 사람들의 모습이 보였다.

생각은 기발하지만 어딘가 엉성하고 거칠었다. 전문가의 조언이 살짝 가미되었으나, 어디까지나 아이들의 순수한 작품이라는 설명이 한눈에 들어왔다. 선생님은 그저 아이들이 원하는 것을 만들 수 있게 도와준다고 했다.

"선생님은 시도해 보지 않고서 함부로 말하지 말라고 하셨어요. 제가 만들고 싶어 하는 우주 정거장을 만들 수 있게 희망을 주셨습니다."

여러 아이들이 비슷한 말을 했다. 방학 과제물로 자기 것이 반에서 제일 멋질 거라는 글을 읽다가, 공방 선생님을 인터뷰한 기사에 눈길이 갔다.

"순전히 취미로 한 미니어처였어요. 이게 취업으로 이어질 줄은 꿈에도 몰랐죠. 뭐든 끝까지 밀고 나가면 이루어지는 것 같아요. 저도 아이들에게 가르치면서 항상 하는 말이에요. 미니어처든, 운동이든, 공부든, 뭐든 말이에요. 스스로도 신기하다고 생각해요."

환하게 웃는 모습과 반만 묶은 긴 머리가 여신의 인스타그램 프로필 사진과 얼핏 닮았다. 모니터 앞으로 바짝 다가가 선생님이라는 사람의 옆모습을 뚫어져라 보았다. 여자들의 옆모습과 뒷모습은 어떻게 봐도 잘 구분되지 않는다.

"오혁재 씨, 택배요."

택배 아저씨가 가게 문을 열어 바닥에 상자를 두고 갔다. 상자를 집어 드는데 크기에 비해 의외로 가벼웠다. 송장에 영어가 빽빽한 걸 보니 요즘 혁재가 재미 본다는 해외 직구 같았다. 영어 학원 째고 피시방에 드나들던 녀석이, 그래도 영어를 이렇게나 활용한다는 게 놀라웠다.

그런데 송장을 들여다보는 순간, 얼굴이 확 달아올랐다. 다시 한 번 더 확인했다. 잘못 본 게 아니었다. 주위에 아무도 없었지만, 혹시라도 누가 볼까 봐 상자를 책상 밑에 냉큼 밀어 넣고 크게 숨을 내쉬었다. 혁재에게 전화를 걸었지만 한참이 지나도 받지 않았다.

형에게 톡을 보냈다. 오후 세 시 반, 형이 있는 미국은 밤 열한 시 반이었다.

전공이 컴퓨터 공학과여서 피시방을 하고 싶었던 게 아니다. 미래의 직업을 남보다 먼저 다지겠다는 포부 따윈 아예 없었다. 나에게는 단지 혼자 있을 공간이 필요했다. 단순하지만 절실한 바람이었고, 예상대로 아무도 알아주지 않았다. 집에는 부모님 방과 여동생 방, 이렇게 딱 두 개뿐이다. 인테리어 가게 주인이 이렇게 산다는 게 참 아이러니하겠지만.

형이 유학을 떠난 뒤, 같이 지내던 방을 혼자 독차지할 줄 알았다. 그런데 부모님과 함께 지내던 여동생이 대놓고 불만을 털어놨다. 사춘기 중학생이 부모랑 한방에서 사는 애는 자기밖에 없다며 투정을 부렸다. 그냥 모른 척 넘어갈 수가 없어 양보하고 나니, 조그만 부엌 겸 거실이 내 방이 되었다.

네가 뭔 상관이야?

자려고 뒤척이는데 형에게서 문자가 왔다. 형은 내가 보낸 문자를 제때 확인하지 않고 있다가 저 편한 대로 답을 보냈다. 누구를 배려하는 마음 따윈 전혀 없었다. 그러니 이 어려운 형편에도 유학을 고집했겠지만.

형, 직구 알바해?

상관 마.

공부하기 바쁘다고 차 사 달라고 할 땐 언제고?

내가 벌어 살 거다. 왜?

돈 벌러 미국 갔어?

멀리 보면 그렇지.

형은 하는 일에 비해 직구가 수입이 두둑하다며 심각하게 생각하지 말라고 했다. 한국 사람들이 미국 물건을 엄청 좋아한다나. 그 덕에 자기가 먹고살 줄 몰랐다며 능청을 떨었다. 한국 사람을 욕하는 건지, 감사하다는 건지 도통 알 수 없었다. 부모님이 알면 얼마나 허탈해할까? 그나마 몰라서 다행이었다.

예전엔 형이 진짜 형 같았는데, 유학 가고 난 후로는 나보다 더 동생이 되었다. 집은 전혀 염두에 두지 않고 제 할 것만 하고, 가지고 싶은 것만 챙기려는 모습이 몹시 이기적으로 보였다. 안에서 꼬여 있던 게 툭 끊어졌다.

내가 왜 특성화고 갔는지 알아?

눈치 안 보고 겜 실컷 하려고?

형의 대답은 내 속에 불을 질렀다. 저 때문인 줄도 모르는 뻔뻔한 자식. 통장을 들여다보며 한숨으로 하루를 마감하고 여기저기 전화해 돈을 구하는 부모님 모습, 삼시세끼 된장찌개에 김치만 놓인 가족의 식탁 따위 형은 절대 모를 것이다. 알려고도 하지 않겠지. 매 끼니 스테이크만 먹는다고 툴툴대는 놈, 자기밖에 모르는 자식.

컴퓨터는 내 적성에 안 맞았다. 부모님 눈치 봐 가며 특성화고에 지원한 것을 입학한 직후부터 계속 후회했다. 지금껏 자격증이 하나도 없는 이유이기도 했다.

방학 바로 전에 담임과 진로 상담을 했다. 대학에 가고 싶다고 하자 담임이 웃으며 "그럼, 공부해. 대학 가려면 다 필요 없고 공부가 먼저."라고 했다. 학교 특성상 진학에 유리할 수도 있다는 말이 반전으로 작용하긴 했지만.

나도 대학 갈 거야.

새삼?

하면 어쩔래?

쉽지 않을걸.

속을 후비는 데 뭐 있는 놈이다. 잘하라는 격려 따윈 기대도 안 했지만, 동생에게 할 말로는 정말 꽝 아닌가! 차라리 내가 형이 되고 말자! 나는 형에게 공부에 좀 더 집중하라고 말하고 톡방을 나왔다.

"오빠 간식."

승주가 문을 열고 들어와 테이블에 비닐봉지를 올려놓았다. 좋아하는 분식집 포장지였다. 승주는 일주일에 다섯 번 노래방에 왔다. 노래 부르는 날보다 학원 숙제를 하거나 책을 보거나, 아니면 미니어처를 만드는 내 옆에 앉아 이런저런 것을 흉내 내며 놀았다.

어렸을 때부터 같이 살던 외할머니가 돌아가신 뒤로 혼자 집에 있는 걸 싫어했다. 승주 엄마가 노래방에 찾아와 고맙다고 한 이유가 있었다.

"오늘은 영어 가는 날이지?"

승주가 고개를 끄덕이며 대답하는데 가게 문이 드르륵 열렸다. 은행 직원 복장을 한 여자가 조심스레 다가왔다. 노래 부르겠다기에 아무 방이나 들어가라며 손짓했다. 직장인이 근무 시간에 노래방에 와도 되나 싶었지만 내 알 바 아니었다. 일하다 답답하면 소리도 지르고 그럴 수 있지, 뭐.

"짐승 오빠."

"응?"

“왜 짐승이야? 오빤 착하잖아.”

“짐승은 어떤데?”

“짐승은 좀 무섭잖아.”

웃음이 났다. 짐승은 친구들이 나를 부르는 별명이었다. 덕분에 별명처럼 강해지려고 밤마다 윗몸 일으키기도 하고 플랭크도 하고 역기도 들었다. 기왕이면 강한 짐승이 되고 싶지만, 아무나 되는 게 아닌지 키만 크고 살집이 없어 뭘 해도 부실했다. 그래서 친구들이 더 짐승, 짐승 하고 놀리는지도 모른다. 김승이라는 이름을 제대로 불러 주는 놈이 주변에 하나도 없다. 복인지 독인지, 이젠 짐승이라는 말이 오히려 힘이 된다.

승주에게 십 분만 노래 부르고 학원 가라고 하자 혀를 내밀며 방과 후 선생님 같다고 했다. 방으로 들어가며 미니어처는 언제 제대로 가르쳐 줄 거냐고 물었다. 말 잘 들으면, 했더니 자기 아빠랑 똑같이 말한다며 혀를 더 쏙 내밀었다. 혀로 모든 걸 말하는 아이 같다.

인테리어 가게 문을 열고 들어가니, 얼음을 띄운 시원한 오이냉국이 놓인 그릇 옆으로 다 먹은 그릇들이 포개져 있었다. 엄마가 밥통에서 밥을 퍼 왔다.

"내일 개학이야."

내 말에 엄마는 별 반응이 없었다. 노래방 어떻게 할 거냐고 물어야 하는데, 밥을 입에 욱여넣으며 괜히 아빠를 찾았다. 방수 공사하러 나갔다고 했다. 엄마가 인테리어 가게와 노래방을 오가는 동선을 그리다, 지난번에 하다 만 이야기를 하려고 서둘러 오이냉국을 한입에 털어 마셨다. 노래방이야 동전만 넣으면 노래를 부를 수 있으니 사람이 없어도 크게 상관이 없었다.

"엄마, 형……."

느긋하게 말을 꺼내서인지 엄마도 나긋하게 대답했다.

"고등학교 마치고 들어오면 어디든 가지 않겠니?"

엄마는 손을 털며 일어나 책상 위를 정리했다. 나도 반찬 그릇을 냉장고에 넣으며 무심하게 받아쳤다.

"입시 코앞에 두고 그냥 오라는 건 좀 그렇지 않아?"

나라도 싫을 것 같았다. 자동차야 형편이 안 돼 그렇다 치지만, 공부는 어떻게든 해야 하지 않을까? 형이 밉지만 이건 다른 문제였다. 자꾸 형을 이해하는 쪽으로 마음이 기울었다. 목이 간질간질하더니 기어이 말을 뱉고 말았다. 하아, 오지랖!

"내가 형 학비 도울게."

"너, 지금 떼돈 버는 줄 아니? 적자야, 적자."

엄마가 콧방귀를 뀌었다. 어렵게 한 말에 엄마는 대수롭지 않게 대답했다.

"손님이 내 맘대로 들고 나나? 피시방 했으면 이러진 않았을……."

순간, 손님과 한 약속이 떠올랐다.

"참! 엄마, 내일 생일 방 꾸미는 거 알지?"

"어머나! 내 정신 봐. 교회에서도 기도 마치고 내려온다고 다과 준비 부탁했는데."

차분하게 얘기 나누려던 엄마와 나는 갑자기 분주해졌다. 서둘러 자리를 털고 일어났다. 노래방 하나를 빌려 아이의 생일 방을 꾸며 달라는 주문이 있었다. 그리고 교회 신도가 기도 후에 모여서 찬송가를 부르겠다며 예약했다.

얼마 전에는 노래방에서 회갑 잔치를 한 경로당 할머니도 있었다. 갈 데 없는 아이를 맡아 주어 고맙다는 아주머니도 있었고, 방과 후 교실에서 미니어처 강습을 할 수 있는지 묻는 전화도 받았다.

노래방이 더는 노래만 부르는 데가 아니었다. 동네 사람들

말로는 사람들을 보듬어 안아 주는 사랑방이라고 했다. 사랑을 나눌 수도 있고, 우정을 키울 수도 있고, 뭐 이러나저러나 좋은 말들이 많이 오갔다.

누군가는 노래방이 이름처럼 우수하다고 했다. 거기까진 기분 좋게 들었는데, 그 불똥이 나에게 튈 줄은 감히 상상도 못 했다.

"여기 사장은 우수해?"

"예?"

학교 다니는 동안 우수한 적이……. 기억에서 사라진 건지 몰라서 아주 꼼꼼히 유치원 새싹반에서부터 탈탈 털어 보았지만 한 번도 우수하다고 칭찬받은 적이 없었다. 남들은 흔하게 듣는 말, 별거 아닐 거 같은 우수라는 단어의 혜택을 받은 적이 없다는 게 놀라웠다.

노력이 부족했을까, 공부에 흥미가 없었을까? 공부가 아니라 뭐라도 우수하다고 칭찬 들은 게 정녕 단 하나도 없단 말인가? 그래도 학교와 제법 친하게 지낸 것 같은데, 그 정도면 우수한 게 아니고 뭐란 말인가? 친구들과 불화하지 않고 나만의 세계를 창조하며 게임이나 놀이나 그 외 등등…….

그때 머릿속을 스치는 생각 하나를 잡아 묶어 두기로 했다. 나 스스로에게 우수하다고 칭찬해 주기!

'김승, 너 우수해. 우수했어. 앞으로도 우수할 거고. 쭉 우수 우수우수!'

방학 동안 공부해서 대학 가겠다는 말을 부모님께 꺼내려 했는데 자꾸 기회를 놓쳤다. 엄마가 한 입으로 두말하는 놈이라고 뭐라 하지 않았으면 좋겠다. 인테리어 가게 문을 닫고 상가를 나와 노래방으로 내려가면서 하늘을 올려다보았다. 어느새 불볕더위가 누그러져 그럭저럭 숨통이 트이는 8월의 끄트머리에 서 있었다.

아프기로 마음 먹었다

유리창 너머로 가을비가 내렸다. 거리 한복판에 세워진 불빛대로의 아치 장식이 빗물에 젖어 뿌옇게 빛났다. 이곳이 '차 안 다니는 거리'로 조성된 뒤로는 차들뿐 아니라 사람마저 끊겨 시내 번화가라는 말이 무색해졌다. 친구들도 하당 쪽에 형성된 대형 쇼핑몰로 몰려가 쇼핑과 문화생활을 즐겼다.

쉼 없이 내리는 빗줄기 사이로 우산 하나가 걸어오는 게 보였다. 양손 엄지와 검지를 포개 사각 프레임을 만들어 그 모습을 담았다. 예전에는 이 길이 서울의 명동처럼 발 디딜 틈 없이 붐볐다는 말이 믿기지 않았다. 사십 년 넘게 이 자리에서 신사 숙녀화를 만든 외삼촌이 한 말이다.

유리창 한가운데 붙은 '멋진 신사의 완성은 KING 싸롱화' 글씨는 특기 적성 시간에 배운 POP 실력을 발휘하여 만든 것이다. 신사의 시옷에는 두툼하지만 깔끔하게 정돈된 콧수염을 그렸고, 빈 여백에는 국회 의사당과 빅벤을 향해 걸어가는 영국 신사의 모습을 스케치했다. KING 위에는 번쩍번쩍 빛나는 색색의 큐빅 조각을 붙였다.

외삼촌은 종이를 유리창에 붙이며 이 바닥 신사들이 다 몰려올 거라며 좋아했는데, 벌써 넉 달 전 일이다. 나는 햇빛에 바랜 종이를 떼려다 방송 시작 알림음에 몸을 돌려 컴퓨터가 놓인 책상으로 달려갔다.

스피커에서 울리는 댄스곡에 맞춰 몸을 흔들자 레깅스에 갇힌 허벅지 살이 푸딩처럼 흔들렸다. 이곳으로 내려와 살이 더 찌긴 했다. 외삼촌과 할머니는 보기 좋다며 복덩이라 불렀고, 엄마는 조만간 제주 흑돼지가 되겠다며 핀잔을 주었다. 나는 아무 대꾸도 하지 않았다.

빼빼 마른 예전보다 지금이 더 마음에 들었다. 힘 있고 에너지 넘쳐 보였다. 터질 듯한 볼에 손 하트를 만들고 있는데, 갑자기 가게 문이 열렸다. 춤을 추다 재빨리 우산꽂이를 가리키자 당황한 손님이 그대로 멈춰 섰다. 인사를 하려는데 웃음이 먼저 났다. 손님 안경에 김이 서려 앞이 보이지 않는 듯했다.

물에 젖은 가죽 구두는 불어 터진 빵 같았다. 뒤축은 내려앉고 굽이 다 닳은, 유행이 한참 지난 스타일이었다. 무릎이 튀어나온 청바지에 등산용 티셔츠, 야상 점퍼 차림에 새치가 희끗희끗한 머리로만 보자면 환갑 지난 외삼촌보다 더 나이 들어 보였다. 주름이 깊지 않은 게 신기할 정도였다.

손님은 티셔츠를 잡아당겨 안경을 닦고는 가게 안을 둘러보았다. 그제야 나도 모니터로 고개를 돌렸다. '원탁의 저녁 팝상' 시그널 음악이 흐른 뒤 디제이 탁의 목소리가 실내에 울려 퍼졌다. 모래처럼 거친 질감의 목소리는 언제 들어도 매력 만점이다. 나도 모르게 두 손을 입에 대고 우우거리며 혼자 좋아 요란을 떨었다.

"손가락만 까딱하면 뭐든 오가는 세상에 이런 아날로그한 팬이 있네요. 빗속을 뚫고 방송국에 나타나 정의의 기사 원탁에게 사랑의 케이크를 주고 간 주인공을 소개합니다. 나, 오늘 그녀에게 이 노래를 바쳐 볼까 해요. 그리고 시내에 있는 모든 편의점에서 사용할 수 있는 모바일 쿠폰도 쏠 테니 받으시라, 얍! 주인공의 이름은 바로바로 고민영, 곰 인형 아니고요, 고민영 양입니다."

"어, 억, 어어."

주먹으로 가슴을 쾅쾅 두드렸다. 오프닝에 사연이 나오리라고는 꿈에도 생각하지 못했다. 빗속을 뚫고 방송국에 간게 퍽 잘한 일이 되었다. 라디오에서 이름이 불리는 순간, 몸이 공중으로 붕 떴다. 탁이 들려준 노래는 저스틴 비버의 〈Baby〉였다. 역시 선곡이 탁월했다. 음악을 듣는 내내 웃음이 따라다녔다. 크크흐흐흐.

"학생, 그 방송 재밌어?"

"예?"

순간, 눈썹이 가운데로 쏠리면서 손님이 다가오는 기척에 몸이 긴장했다.

"방송이 재미있는 거야, 디제이가 좋은 거야?"

험악한 인상은 아닌데 괜히 온몸에 소름이 돋았다. 사연이 소개되어 활활 타올랐던 마음이 순식간에 식었다. 요즘 세상에 이상한 사람이 좀 많아야지, 하는 외삼촌 말이 떠올라 일어나서 뒷문 쪽으로 슬금슬금 움직였다. 문만 열면 바로 안채와 연결된 마당이라 가족이 뛰어오는 건 시간문제였다. 내 대답을 기다리는지 손님이 계속 쳐다봤다.

"왜요?"

"궁금해서, 학생 반응이."

"좋아서 듣죠. 재미없으면 들을까."

끝을 잘라 말하며 손님을 보았다. 옆에 붙은 문이 벌컥 열리며 외삼촌이 들어왔다. 나를 보는 둥 마는 둥 하더니 손님의 젖은 구두를 보며 반가워했다. 외삼촌이 만들어 판 거였다. 삼촌은 손님에게 찾는 게 있냐며 이런저런 구두를 권했다. 나는 안도하며 책상으로 돌아와 스피커 볼륨을 낮췄다. 모니터 화면에 방송국 녹음실이 들여다보였다. 일주일에 한 번 라디오 스튜디오를 보여 주는데, 오늘이 바로 그날이었다.

디제이가 케이크 상자를 열었다. 순간, 내 얼굴은 비에 젖은 케이크 상자처럼 일그러졌다. 쌀로 빚은 하얀 케이크 위에 까만 콩으로 '사랑♥엄마'라고 새겨 놓은 게 눈에 들어왔다. 붉은 팥이 떨어져 나가 하트는 제 모양이 아니었다.

두 눈을 비비며 모니터에 들어갈 것처럼 화면을 뚫어지게 보았지만 바뀌는 건 없었다. 저게 왜 저기에 있지? 알다가도 모를 일이었다. 저건 탁에게 줄 게 아니라 엄마에게 보내려고 만든 케이크였다. 디제이의 까슬까슬한 웃음소리가 들렸다.

"와하하 와하하. 나를 낳아 주셨으니 엄마를 사랑하라는 거지? 독특하다, 역시 고수야. 다들 공감하면 좋아요, 눌러 주세요. 그럼 카드를 읽어 볼까요?"

기분이 좋은지 콧노래를 부르며 카드를 펼치는 디제이를 보다가 두 눈을 질끈 감고 그대로 책상에 엎드렸다. 탁이 여자 흉내를 내며 카드를 읽어 내려갔다. 귀를 막아도 소리가 들렸다. 온몸에 소름이 돋았다.

"엄마, 성적 좀 떨어졌다고 휴대폰 뺏는 게 어딨어? 그거 없어서 조별 과제도 못 하고. 수행 평가 점수 안 나오면 엄마가 책임질 거야? 다음 주에 현장 학습도 가야 해. 딸 고민0."

디제이가 카드를 다 읽은 뒤에야 나는 겨우 고개를 들 수 있었다. 모니터 안에서 탁은 케이크 바닥에 떨어진 쌀가루를 손으로 꾹꾹 눌러 입안에 털어 넣었다. 어쩐지 표정이 쓸쓸해 보였다. 침묵이 짧게 흐르고 난 뒤 공감 백배라며 정말 고민되겠다고 맞장구를 쳐 주었다. 역시 탁을 좋아하지 않을 수 없다.

"탁, 고마워!"

내가 화면에 대고 말하는 순간, 탁이 휴대폰을 들었다. 상자에 적힌 번호로 전화 연결을 시도한다는 말에 깜짝 놀랐다. 휴대폰이 지금 나한테 없는데……. 그제야 방송국 입구에서 경비 아저씨에게 건넬 때 케이크 상자 위에 흘려 쓴 내 이름과 휴대폰 번호가 생각났다.

"오, 노노노!"

벌떡 일어나 어찌할 줄 몰라 우왕좌왕했다. 외삼촌이 손님과 이야기 중에 나를 힐끔 쳐다보았다. 곧이어 들려오는 전화 신호음에 그만 정지 자세가 되었다. 저편에서 전화를 받았다. 탁이 환하게 웃으며 허공을 바라보더니 장난스럽게 눈동자를 굴렸다. 꽤 달콤한 표정이라 가슴이 떨렸다.

"원탁의 저녁 팝상입니다."

"뭐요? 밥 안 시켰어요."

"아하하하, 역시 재치 만점. MBK 방송의 디제이 원탁인데요."

"네가 원탁이면 난 아서다, 인마."

장난스럽게 맞받아치고 전화는 바로 끊겼다. 나는 다시 책상에 엎드렸다. 이런 게 생방송의 묘미라며 탁이 웃었다. 외삼촌이 다가와 어깨를 토닥여 주었다.

"엄마, 맞지?"

나는 고개를 끄덕이며 일어났다. 젖은 눈가를 손등으로 닦았다. 그토록 기다려 온 탁과의 전화 데이트가 이런 식으로 끝날 줄이야. 엄마는 수업 중이었을 텐데 어떻게 전화를 받았을까? 갑자기 그런 게 궁금했다. 수업에 방해가 된 건 아닌지, 학생이 줄어 수업이 없는 건지, 그도 아니면 내 뒤를 캐기 위해 종일 휴대폰을 들고 사는 건지. 알다가도 모를 일이다. 외삼촌이 손님과 뭐라고 했지만 나는 엄마와 통화할 생각에 머릿속이 복잡하게 뒤엉켰다.

남도 끝, 바다를 끼고 있는 이 작은 도시로 내려오게 된 건 순전히 건강상의 이유 때문이었다. 제때 치료하지 못한 감기가 폐렴으로 번졌고, 완치 판정 후에도 몸이 시름시름 아팠다.

엄마는 대치동 일대를 돌며 수학을 가르치는 유명 과외 선생님인데, 때마침 입시 준비로 바쁘게 움직이느라 나를 돌볼 여유가 없었다. 엄마 말로는 입시계의 극성수기라고 했다. 당분간 외갓집에 내려가 있으라고 해서 나는 고개를 끄덕였다. 잠깐 쉬러 온 외갓집에서 학교까지 다니게 될 줄은 엄마도, 나도, 그 누구도 몰랐다.

다음 날, 라디오 방송을 들은 친구들 몇이 아는 척했다. 디제이 탁과 통화하지 못한 건 아쉽지만 사연이 소개된 것으로 마음을 달랬다. 그만큼 사연 소개가 쉽지 않은 인기 방송이었다.

케이크 실습을 했던 가사실로 올라갔다. 엄마 것과 디제이 탁의 것, 두 개를 만들다 보니 받는 사람이 뒤바뀐 채 전달된 게 문제였다. 가사실 문은 잠겨 있었고 조리대 위는 말끔히 치워져 있었다.

창문 너머로 가사실 안을 빙 둘러보다가 책장에서 시선이 멈추었다. 하얀 상자가 얌전하게 주인을 기다리고 있었다. 탁에게 갔어야 할 케이크? 나는 잠긴 문을 흔들었다. 문과 문 사이에 생긴 작은 틈을 비집고 안으로 들어가고 싶었지만 달그락거리는 소리만 요란했다.

"이거 찾는 거지?"

뒤돌아보니 혜리가 하얀 상자를 흔들며 서 있었다. 입가에 웃음이 가득했다.

"야, 너 뭐야?"

"뭐긴 어제 차에 두고 갔음서."

"어제?"

그제야 어제 일이 얼핏 떠올랐다. 케이크 상자를 들고 우산까지 쓴 채 종종거리며 걷고 있을 때 자동차가 경적을 울리며 슬슬 다가왔다. 반쯤 내린 유리문 사이로 혜리 얼굴이 보였다. 자기는 학원 가는 길이라며 내게 어디 가냐고 물었다. 갓길에 세운 차에 올라탔고, 혜리 엄마 덕분에 방송국까지 편하게 갔다.

"차에서 이게 바뀌었다고?"

고개를 갸웃하는 사이 혜리가 돌아섰다. 나는 얼른 상자를 가로챘다. 순간, 상자가 찢어지면서 그 안에 있는 것이 바닥으로 툭 굴러 떨어졌다. 하트 모양의 백설기 케이크! 탁에게 갔어야 할 것이었다. 엄마 것과 달리 콩들이 제자리에 가지런히 박혀 있었다. 혜리가 조심해서 가져온 것일 수도 있지만. 아, 이걸 차에 두고 내렸구나. 조리실에 있는 게 아니었다. 혜리가 몹시 난처해했다.

"어머, 어째?"

"괜찮아. 이제 필요 없어."

나는 쿨하게 대답했다. 내 잘못이니까.

"분명 네가 케이크를 들고 내린 걸 기억하는데 차에 하나가 더 있더라."

"하나는 엄마 거, 하나는 탁이 거."

혜리가 바닥에 떨어진 걸 조심스럽게 집어서 상자에 넣으려 했다. 나는 그냥 두라고 했다. 엄마에게 전하기도 그렇고, 방송국에 다시 찾아가 탁에게 전해 주고 싶은 마음 따위도 말끔하게 지워졌다. 비가 퍼부은 어제와 햇빛 쨍한 오늘, 하루 사이에 사람 마음은 어쩜 이리도 상반될까? 한숨을 쉬며 느릿하게 손을 움직이는 나를 보며 혜리가 말했다.

"고민 0, 무슨 고민?"

"야, 고민영이 무슨 고민."

"그럼 내 고민 좀 들어줄래?"

혜리는 고민이 전혀 없는 아이처럼 밝게 웃었다. 이 친구의 고민? 절대 내가 털어 줄 수 없다는 걸 너무 잘 알기에 대답 대신 환하게 웃어 주었다.

"우리 혜리, 모든 고민 이 언니에게 다 불어 버려."

삼촌 집으로 내려온 지 얼마 되지 않았을 때였다. 초등학교 졸업을 앞두고 있었지만, 서울로 올라가기에는 건강이 생각만큼 빨리 좋아지지 않았다.

엄마가 조심스럽게 이곳에서 중학교를 다니는 건 어떻겠냐고 물었을 때, 나는 힘없이 고개를 끄덕였다. 물론 속으로는 엄마와 떨어져 친척들과 사는 게 너무나 좋았다. 사촌 언니, 오빠와 바닷가에 놀러가는 것도, 집 근처 시내를 어슬렁

거리는 것도, 이곳에서의 하루하루는 뭐든 다 좋았다.

하루는 가게 바닥에 널린 구두를 보며 그림을 그리고 있는데, 긴 머리에 커다란 리본 핀을 꽂고 빨간 모직 원피스 코트를 입은 여자아이가 아빠로 보이는 남자와 가게에 들어왔다. 한눈에 봐도 나랑은 스타일이 정반대인 공주과인 듯했다. 내 어깨에도 미치지 못하는 키로 미루어 짐작건대 초등학교 3~4학년 정도 되어 보였다. 물론 난 그 나이 때도 샤랄라한 옷은 절대로 입지 않았지만.

외삼촌은 반갑게 인사하며 상자 두 개를 꺼내 보였다. 신사용 구두와 여아용 구두였다. 남자는 신사용 구두를 포장해 달라 하고는 나머지 신발을 아이에게 신어 보라고 했다. 작고 귀여운 크림색 구두에는 리본이 달려 있었다.

아이는 구두가 그다지 신고 싶지 않은 표정이었다. 남자가 다정한 눈빛으로 무릎을 꿇고 구두를 신기려는데, 아이가 기어 들어가는 목소리로 리본이 마음에 들지 않는다고 했다. 외삼촌이 끈을 빼면 된다고 하자 남자가 재빨리 리본을 떼었다. 아이는 그제야 구두를 신었다. 나는 아이가 부러웠다. 정확히는 곁에 있는, 자상한 아빠가.

크림색 구두를 신고 할아버지께 드릴 신사화 상자를 든 채 가게를 빠져나가는 아이를 보면서 발목에 부목을 덧대 주고 싶다는 생각을 했다. 그만큼 모든 게 작고 가늘었다. 그때, 아이가 갑자기 뒤를 홱 돌아보았다. 나는 마음을 들킨 것 같아 얼른 고개를 돌렸다. 내 이름은 혜리야, 강혜리. 아이는 그렇게 말하고 갔다. 어린아이가 반말을 툭 내뱉는 게 어이없어서 그 애 이름을 입속에서 중얼거리며 괜히 장난을 쳤다. 강아지 혜리, 강혜리.

중학교 교실에서 그 아이를 다시 만났을 때 나도 모르게 "강아지 혜리?"라고 한 뒤 손으로 입을 막았다. 아이는 어쩔 줄 몰라 하는 나를 보며 환하게 웃었다.

"안녕, 난 강아지 혜리 아니고 강혜리, 너는?"

"미안, 난 고민이 1도 없는 고민영."

"부럽다, 야. 잘 부탁해."

그렇게 우리는 친구가 되었다.

수예점 아줌마가 구두를 들고 와 수선해 달라고 했다. 굽을 가는 것보다 새로 장만하는 게 더 나을 것 같았다. 두고 가라는데도 내일 신어야 한다며 기어이 기다리겠다고 했다. 안채로 전화를 걸어 외삼촌에게 손님이 왔다고 알렸다.

그사이 아줌마가 신고 있는 슬리퍼에 눈이 갔다. 덧버선을 신고 있었는데, 그걸 보자 털을 덧댄 구두 슬리퍼가 만들고 싶어졌다. 슬리퍼 안에 털실로 짠 덧버선을 끼워 넣는 건 어떨까, 하는 생각이 번뜩 떠올랐다.

나는 곧바로 아줌마를 하얀 종이 위에 서게 한 뒤 발목을 잡았다. 외삼촌 어깨너머로 보고 들은 것을 흉내 내는 게 재미있었다. 구두 디자이너 고민영이 되었다. 로고는 'GOMIN 0'으로 해야지. 아줌마는 오른발과 왼발이 표 나게 달랐다. 이유가 뭘지 생각하며 발 도안을 그리는데 전화가 왔다. 책상 위에 놓인 가게 전화기를 집어 들었다.

"킹 싸롱화입니다."

"저녁에 학원도 안 가고 가게에서 잘한다. 몸은?"

"빈혈이 심해서 할머니가 한약 지어 오셨어."

엄마였다. 외삼촌을 바꾸라며 큰 소리를 내서 전화기를 귀에서 멀리하며 식사 중이라고 했다. 엄마는 내 휴대폰에 쏟아지는 쓸데없는 스팸 전화와 친구들의 장난 문자, 카톡 등을 들먹이며 이번 달 안으로 짐 싸서 서울 올 준비하라고 말하고는 전화를 끊었다. 엄마답게 일방적이었다.

아줌마는 도안지 위에 그대로 서 있었다. 아줌마의 발목을 잡고 도안을 마저 그렸다.

"아줌마, 이거 신고 어디 가실 거예요?"

"새 신? 어디든……, 어디든 가고 잡네. 그런데 빈혈이 심해? 어쩌까, 그것이 그렁께 여자들이 힘들어."

"아뇨, 아프다고 해야 여기에 더 있을 수 있어요. 흐흐."

"몸 가지고 그러면 못써. 엄마가 징하게 걱정해."

어찌 된 게 엄마보다 아줌마가 더 자상했다. 아줌마는 새 신 얘기에 기분이 좋아 보였다. 슬리퍼에 덧신을 끼워 넣으면 겨울나기 수월하겠다며, 덧버선 색과 모양 따위를 상상하면서 이야기를 주고받았다.

구두를 절대 안 살 것 같은 아줌마가 계약금으로 삼만 원까지 걸고 가는 바람에, 졸지에 나는 구두 디자이너가 되고 말았다. 축하한다며 치킨을 사 준 외삼촌이 맥주를 마시며 할머니와 외숙모, 사촌 언니 앞에서 내 재능을 무한 칭찬했다. 심지어 가게 상호를 킹에서 퀸으로 바꾸자고 너스레를 떨었다. 이런 환대를 왜 엄마에게는 받지 못하는 걸까? 기분이 묘했다. 엄마도 내 재능을 좀 알아줬으면 좋겠다. 세상에 공부만 있는 건 아니니까.

엄마는 자기가 입시생인 것처럼 항상 여유가 없었다. 어린 나를 키울 때도, 아빠를 떠나보낼 때도, 나와 떨어져 지내는 지금도 두 발을 동동거리며 종횡무진 바쁘게 움직였다. 휴대폰을 뺏으러 온 날도 엄마는 47점짜리 수학 성적에 분노하며 342킬로미터를 쉬지 않고 운전해서 왔다.

마침 그날은 할아버지 제삿날이었다. 가족들은 깜짝 놀랐다. 엄마는 제사나 명절에도 수업 때문에 바쁘답시고 고향에 온 적이 없었으니까. 할아버지 영정 앞에 엎드려 절을 하면서도 엄마 본심은 딴 데, 47점짜리 수학 성적표에 가 있었다. 엄마가 자기 아빠인 할아버지의 제삿날조차 기억 못 하는 게 불쌍했다.

엄마와 함께 살던 때는 학원에서 학원으로, 해가 달로 바뀔 때까지 달리기 선수처럼 뛰었다. 수유동 아이가 대치동 아이처럼 생활하는 건 힘들었다. 동네 애들처럼 학원 대신 학습지나 풀면서 티브이 보다 잠들고 싶다고 매번 찡찡거렸다.

그러면 엄마는 자기는 스무 살에 서울로 와서 직접 돈 벌어 대학 다녔다며 나를 쏘아보았다. 적어도 나는 편하게 서울에서 살고 있지 않냐는 것이었다. 그런 뒤 길게 이어지는 연설의 내용을 요약하면 다음과 같다.

“서울에서 살아남아 기필코 정상에 우뚝 설 그날을 향해 앞으로 나아가야 한다!”

내 눈을 똑바로 보며 말했다. 쑥 나온 입을 쏙 들어가게 만들었다.

엄마는 술에 취해 들어온 날이면 전화기를 붙들고 친구인지 애인인지 모를 사람에게 ‘발목 잡다’, ‘발등 찍혔다’라는 표현을 곧잘 썼다. 잠결에 엄마 목소리를 듣고 깨었지만 차마 자리에서 일어나지 못했다. 휴대폰에 대고 ‘내겐 딸이 있는데, 딸이 있다고!’ 외치듯 말하는 엄마에게 감히 다가갈 용기가 없었다. 맥없이 휴대폰을 내려놓은 엄마를 실눈 뜨고 보다 잠이 들곤 했다.

그러고 나면 엄마는 한동안 조용히 혼자만의 시간을 보냈다. 드라마를 미친 듯이 몰아서 보거나 레시피를 출력해 요리 비슷한 것을 만들어 내게 먹이거나. 그것도 아니면 맛집을 찾아다녔다. 그 시간은 불꽃이 터지는 순간처럼 매우 짧았지만, 지금 생각해 보면 그래도 그때가 좋았다. 엄마가 연애에 실패할 때마다 그랬다는 것을 여기로 내려오기 전에 알았다.

엄마는 생활에 허기진 사람처럼 보였고, 나는 엄마 곁에 누군가가 있어야 한다고 생각했다. 엄마는 내가 곁에 없는 지금이 좋을 것이다. 이렇게 사는 게 엄마에게나 나에게나 바람직하다고 생각한다. 계속 아픈 척하며 나는 이곳에서 살고 싶다.

자정이 다 되어 가는 시각이었다. 가게에 앉아 밖을 보니 거리는 동굴처럼 어둡고 깜깜했다. 전기를 아끼자며 상인들이 폐점 시간에 맞춰 일제히 간판 불을 끄자고 합의한 지 일주일이 지났다.

거리 한복판에 불 켜진 '불빛대로' 아치만 어둠 속에서 빛났다. 저녁에 들었던 '원탁의 저녁 팝상'을 다시듣기로 들으며 포장한 상자 꾸러미를 책상 아래에 내려놓았다. 이건 진짜로 디제이 탁의 마음에 쏙 들 것이다.

탁은 이 지역에서 유명한 래퍼였다. 청취자가 보낸 사연을 랩으로 불러서 학생들 사이에는 꽤 인기 있는 음악인이자 방송인이었다. 오늘은 십 년 넘게 키우던 강아지가 세상을 떠난 청취자의 사연을 랩으로 불렀다. 비록 이렇게 떠나보내지만 실은 마음에 묻는 거라는 가사에서 아빠가 떠올랐다. 교통사고로 먼저 떠난 아빠를 마음에서 불러낼 때마다 속으로 하던 말이었다.

국어 숙제를 하려는데 랩이 자꾸 끼어들었다. 소중한 것에 대해 써 가야 했다. 지우고 쓰기를 반복하며 책상 밑에 놓인 상자를 무심코 툭 건드렸다. 입가가 고무줄처럼 늘었다 줄었다 제멋대로 움직였다. 아빠를 생각할 때엔 슬픔에 젖어 있다가도 탁만 생각하면 행복해지는 나란 인간도 참!

모아 둔 용돈으로 하얀색 운동화를 샀다. 책상 위에 올려 두고 보았다. 혜리에게 기억에 남을 멋진 선물을 해 주고 싶었다. 유튜브에서 본 것보다 훨씬 멋지게 만들고 싶었다. 펀칭기를 집어 들었다. 발등 부분에 몇 개의 구멍을 뚫고 밑창과 연결된 옆 부분에 접착 풀을 바른 뒤 반짝이를 뿌렸다.

혜리는 서울 생활을 잘할 것이다. 이곳 대학의 교수인 부모님 바람대로 큰물에 가서 공부할 예정이었다. 외삼촌 집에서 생활하는 나와 서울에 가서 기숙사 생활을 할 혜리를 떠올리다 보면 묘한 인연이라는 생각이 들었다.

혜리는 내가 건넨 선물을 앞에 두고 두 눈을 빛내며 어쩔 줄을 몰라 했다. 신어 보라고 했지만 아까워 못 신겠다고 고집을 부렸다. 신발은 발에 신으라고 있는 거지, 나는 상자에서 운동화를 꺼내 혜리에게 억지로 신겼다. 하얀 운동화에 파란 반짝이가 빛났다. 햇살이 물결 위에 내려앉은 것 같다, 가죽을 오려 만든 물고기와 비즈 장식의 물방울이 귀엽다, 옆에 있는 친구들이 더 난리였다.

주위 친구들이 나도, 나도, 떼를 썼지만 딱 잘라 거절했다. 혜리에게만 주는 선물이어야 했다. 바다를 끼고 있는 이 작고 정겨운 도시를 잊지 말라고. 서로를 잊지 말자는 말에 친구들이 크게 환호했다. 그때 누가 요즘은 서울에서 엄마가 물건 안 보내냐고 물었다. 그제야 휴대폰을 뺏긴 뒤로 엄마가 물건도 보내지 않는다는 데 생각이 미쳤다.

엄마는 수유동에 살면서 복장만큼은 강남 사람이었다. 강남 학생들을 가르치려면 선생도 품위가 있어야 한다며 카드지갑 하나도 신경 써서 골랐다. 엄마가 걸치는 명품의 대부분은 동대문이나 이태원을 뒤져 구한 중고였다. 엄마는 자신이 최고의 상품이라며 포장하곤 했다. 실력은 말할 것도 없다며 큰소리를 땅땅 쳤다.

나에게 물건을 보내 주는 이유도 친구들 사이에서 기죽지 말고 당당하게 지내라는 마음이라는 걸 잘 안다. 하지만 나는 엄마가 보낸 것을 친구들에게 팔아 그 돈으로 바리스타나 제빵 교실, 퀼트, 가죽 공예 등 방과 후 수업 교육비로 썼다.

다행히 엄마는 보낸 물건에 대해서는 묻지 않았다.

"곰 인형, 샘이 오라셔."

회장이 교실로 들어서며 말했다. 무슨 일이지, 하면서 자리에서 일어났다. 친구들은 혜리에게 서울 가면 좋겠다며 부러워했다. 나는 교실을 나서며 서울이 뭐가 좋냐고 딴지를 걸었지만 별다른 대꾸가 없었다.

교무실에 들어서자 담임이 다짜고짜 전학 이야기를 꺼냈다. 뭔가 잘못되었다는 생각에 강하게 부인했다.

"제가 아니라 혜리예요, 강혜리!"

"응, 몰랐구나? 엄마가 전화하셨어."

"예? 저는 아닌데."

담임은 아픈 걸 몰랐다며 미안해했다. 엄마 곁에 가서 몸 건강히 지내라고 다독여 주었다. 나는 잘 가라는 담임 말이 한없이 서운했다.

"샘, 저 보기보다 많이 약해요. 아파서 못 가요. 엄마랑 있으면 더……."

"뭐? 왜?"

대답 없이 가만히 있자 담임은 엄마가 혹시 폭력을 쓰냐고 물었다. 고개를 흔들었다. 차라리 그랬으면 더 나았겠다. 주변에서 고개를 빼고 나를 보는 시선이 느껴졌다. 그때 교무실 안으로 들어오던 국어 선생님이 나를 보더니 깜짝 놀랐다.

"야, 너 벌써 온 거야? 빠르네."

"네?"

도내 백일장 대회에 나를 추천하려고 불렀다고 했다. 평소 수행 평가나 과제물로 제출한 내 글이 독특했다고 덧붙였다. 담임이 뭔가를 말하려다 내 눈치를 살폈다. 나는 국어 선생님께 허리 굽혀 인사했다.

"샘, 저의 구세주세요. 백일장, 백배 잘해 볼게요."

국어 선생님은 네 실력으로 뽑힌 거지 뭐, 하면서 웃었다. 교무실을 나서며 담임에게 말했다.

"샘, 저 백일장 나가요. 전학은 혜리가 가고요. 엄마께 전해 주세요. 꼭이요, 꼭!"

붉게 물든 나뭇잎들이 거리를 뒹굴었다. 상인 연합회에서 단합해 일주일 동안 떨어진 낙엽을 치우지 않기로 했다. 사람들이 낙엽을 밟으려고 시내로 모여들었다. 불빛 조형물과 어우러져 분위기가 한층 무르익었다. 손을 맞잡은 연인, 유아차를 밀고 가는 젊은 부부도 보였다. 재잘거리는 내 또래의 아이들이 거리 여기저기에서 사진을 찍었다.

나는 국어 선생님이 추천해 준 책을 읽는 둥 마는 둥 하며 컴퓨터 모니터 앞에 앉아 있었다. 가게에는 모처럼 손님이 몇 명 있었는데, 전에 비 오는 날 봤던 손님도 외삼촌이 권해서 산 구두를 신고 있었다. 신을 산 지 얼마 되지 않았으니 오늘은 구두를 살 것 같지 않아 아저씨에게서 눈길을 거두었다. 나는 라디오 스피커 볼륨을 높였다. 디제이 탁이 오늘은 어떤 사연을 랩으로 만들지 궁금해서 귀를 쫑긋 세웠다.

"오늘은 엄마를 디스하는 글이 아주 재밌어서 이걸로 랩을 만들어 봤습니다. 우리의 고민영 양, 영 고민 없이 잘 듣고 있지요. 일단 어떤 글인지 한번 읽어 볼까요?"

귓속에 고춧가루를 뿌린 것처럼 화끈했다. 사연 소개가 아니라 랩이라니. 재빨리 인터넷 창에 '네.ㅎㅎㅎ' 하고 댓글을 달았다.

내가 자라면서 엄마에게 제일 많이 듣던 소리,
네가 내 발목 잡았다. 네가 내 발등 찍었다.
노노노노노노노노 우웩우웩우웩.
외삼촌은 손님 발목 잡아야 구두를 만들지,

나는 내 발목도 못 잡아. 허리가 굽혀지지 않아.

건강한 신체에 건강한 정신 (건강한 신체에 건강한 정신)

엄마야 착각 마. 난 누구의 발목도 잡지 않아.

나는야 건강 미인. 오늘도 발목을 잡으려, 발목아 잡혀라, 발목에 접질려.

노노노노노노노노 우웩우웩우웩.

랩이 끝나자 방송 스태프들이 일제히 함성을 질렀다. 부끄럽고 창피한 중에도 뭔가 주체할 수 없는 기분이 들었다. 역시 랩은 원탁이다 싶어서 모니터에 대고 엄지를 세웠다.

"학생, 이 방송 어디 거야?"

아저씨가 구두 한 켤레를 들고 다가와 물었다. 나는 뜸을 들였다. 사이트를 알려 주면 물이 흐려질까 봐 걱정되었다. 머뭇거리는 사이, 아저씨가 대뜸 원탁이냐고 물어서 깜짝 놀랐다.

"저기 혹시 말이야, 이 구두."

"……."

"원탁한테 선물한 거지?"

"네?"

순간, 등줄기가 서늘해지며 소름이 돋았다. 나는 아저씨가 들고 있던 구두를 낚아챈 뒤 주위를 살폈다. 손님 한둘이 저만치에 있을 뿐 외삼촌이나 다른 가족은 가게에 없었다. 나는 목소리를 작게 했다.

"아저씨, 누구세요?"

"나, 하하. 다 알지."

"뭐예요?"

소름 끼치는 웃음을 털어내듯 나는 소리를 질렀다. 외삼촌 몰래 탁에게 구두를 보낸 건 사실이다. 돈도, 카드도 없으니 어쩔 수 없었다. 잘못 보낸 케이크를 만회하고 싶었으니까. 그런 일급비밀을 아는 사람이라니, 도대체 당신은 누구인가?!

그때 가게 문을 열고 엄마가 들어왔다. 가게 밖에 웬 사람들이냐며 요란하게 말했다. 정장을 차려입은 걸 보니 부담될 정도로 좋은 집 과외에 다녀온 모양이다.

"넌 엄마가 왔는데 인사도 안 해? 맨날 이렇게 빈둥거리고 있으니 퍽이나 올라오고 싶겠다. 서울 애들은 공부하는 시간에 뭐 해? 들어가서 짐 싸."

"조금 있으면 잘 시간이야."

만난 지 오 분도 안 되었는데 엄마와 신경전이다. 구겨진 얼굴이 펴지질 않았다. 엄마는 촌구석에 사니 초저녁에 잔다고 핀잔을 주었다. 여드름이 올라온 이마로 손이 저절로 올라갔다. 꾹꾹 눌러 짰다. 몹시 아팠지만 지금 나에게는 자극이 필요했다. 그런데 그 모습조차 놓치지 않고 한마디 했다.

"얼굴은 그게 뭐니? 시골 사람 다 됐네, 쯧쯧."

"엄마, '지방 콤플렉스' 있는 거 다 알거든. 그러니까 엄마나 대치동 일 퍼센트 언니, 오빠들하고 살아. 난 여기가 좋아."

그새 나갔는지 신발을 구경하던 손님들이 보이지 않았다. 단 한 사람, 이상한 아저씨만 멀지 않은 곳에 서 있었다. 나는 엄마에게 휴대폰을 달라며 손을 내밀었다. 왜 켜 놓고 함부로 남의 전화를 받는지 따지고 싶었다. 엄마는 차에 있다며 짐을 싸라고 채근했다. 차라리 휴대폰을 포기하는 게 낫겠다고 마음먹자 화가 불쑥 났다. 그래서 애먼 데다 화풀이를 했다.

"아저씨, 도대체 뭐예요?"

아저씨가 당황하더니 머뭇거리며 입을 열었다.

"경숙아!"

엄마는 어깨에 내려앉은 나뭇잎을 털다가 아저씨를 보았다. 나는 무슨 일인가 싶어 눈알을 굴리며 두 사람을 살폈다.

"누구세요?"

엄마가 점잖게 목소리를 내리깔며 물었고 아저씨는 나 기찬이, 하며 엄마에게 다가왔다. 어색하기 이루 말할 수 없는 상황이었다. 엄마는 그 이름을 반복해서 중얼거리더니 고개를 이리저리 흔들었다. 그러다 어느 순간 아저씨를 뚫어지게 보면서 놀랐다.

"황기찬? 서울대?"

"그래, 제기찬."

엄마는 고개를 절레절레 저었고, 아저씨는 능청스럽게 웃으며 고개를 끄덕였다.

"네 덕분에 안 되는 제기 연습하느라 밤마다 혼났다."

엄마 입에서 웃음이 빵 터졌다.

"오호호호! 그래, 지금은 뭐 하니?"

아저씨가 주머니를 뒤져 명함을 건넸다. 어찌 된 사연인지 궁금했지만 구경하는 것도 꽤 재미있었다. 드라마에서나 보았던 동창 재회의 순간이 이런 거구나, 싶은. 엄마는 건성으로 '응, 방송국? 아, 동네 라디오 음악 피디. 구두 사러 온 거야? 결혼은?' 따위를 물었다. 아저씨는 머쓱한지 뒷목을 만지며 나를 보았다. 순간, 나는 그대로 얼어붙었다.

"우리 딸은 왜?"

당황한 엄마 목소리가 아저씨를 한 대 칠 듯 힘 있게 올라갔다.

"섭외하러 왔는데 아직 말도 못 꺼냈어."

"여전하구나, 숫기 없는 거. 그렇께 네가 시방……."

방심한 엄마 입에서 사투리가 튀어나왔다. 동창이라지만 잘 모르는 아저씨의 어깨를 팍팍 치기까지 했다. 나는 속으로 웃으며 슬그머니 뒷문으로 나왔다. 이상한 아저씨가 탁이 진행하는 라디오 피디님이라는 게 믿기지 않았다. 그래서 라디오 할 때마다 나타나 자꾸 이런저런 것을 물었던 거구나. 순식간에 퍼즐이 맞춰졌다.

가게에서는 좀 전에 탁이 부른 노래가 흘러나왔다. 정확히는 내가 가사를 쓴 곡이었다. 엄마가 자기를 저격하는 노래를 어떤 표정으로 들을까 궁금했다. 마당 한가운데 서서 환하게 뜬 달을 올려다보고 있자니 이곳을 떠나기가 정말 싫었다.

아! 디제이 탁을 만나는 게 꿈만 같아 몰캉한 허벅지를 자꾸 꼬집었다. 아팠다. 엄마, 나 아프니까 당분간은 여기에 있을게.

달이 나를 내려다보며 빙그레 웃어 주었다.

완주의 끝

나는 지금 방에 앉아 있다. 생애 처음 일식집이란 데를 온 게 실감 났다. 이름도 그럴싸한 게 '동경 재패니스 쿠진'이다. 기다리다 지칠 때쯤 전화하니, 아빠는 '회의 중'이라고 문자를 보내왔다. 후우, 휘이! 태풍이 휘몰아치는 소리가 입에서 터져 나왔다.

예나 지금이나 시간 한 번 제대로 지킨 적 없는 아빠에게 문자를 보내고 오 분이 지났으려나? 아빠가 어디냐고 물어 황당했다. 일식집 사진을 찍어 보냈더니 어, 대전에 왔냐며 놀랐다. 나를 놀리는 것도 아니고 이건 뭐지? 너무한 거 아냐, 먼저 보자고 해 놓고? 입술이 위아래로 움직이면서 목에서 뭔가 벌컥벌컥 올라왔다.

비굴한 기분이 들었지만 주인을 기다리는 배고픈 고양이 이모티콘을 보냈다. 힐끗 고개를 내밀고 문밖을 보니 열 개나 되는 방이 다 찼는지 매장 테이블에 손님들이 쫙 깔렸다. 아빠는 올 것 같지 않았다. 도저히 있을 수가 없어 일어났다.

목에 사원증을 건 청년들을 스치고 나오는데, 그들은 앉기도 전에 점심 세트 C로 만장일치 합의를 보았다. 점심 식사에 이만 팔천 원을 쓸 정도면 도대체 무슨 일을 하는 걸까? 얼마를 벌기에 그럴 수 있는지 궁금했지만, 당장은 1인석을 찾는 게 더 급했다. 방에 앉아 있을 때는 세트 A, B, C를 가지고 고민했는데, 모든 게 말짱 꿈이었다.

아빠는 거래처 직원과 식사 중이라며 버거킹에서 만나자고 했다. 요리사 세 명이 분주하게 초밥을 만드는 조리대 앞에 앉아 회덮밥을 먹었다. 맛집에서 먹는 것도 다 아빠 덕이라 생각하려 해도 자꾸만 화가 났다. 만 이천 원이 어이없게 털렸다.

버거킹 앞에 서 있는데 아빠에게서 전화가 왔다. 받지 않았다. 이런 적이 없었는데……. 들어갈까, 그냥 갈까 망설여졌다. 그때 아빠에게서 문자가 왔다.

매장 어디에 있니? 건너편으로 간 건 아니지?

아빠처럼 늦게 대답하려다 일 분을 못 넘기고 답을 보냈다.

서울 올라가요.

생각지도 못한 거짓말이 튀어나왔다. 어찌 된 거냐며 전화로 따져 물어도 시원찮을 판에, 아빠는 다음에 보자며 이모티콘을 보내왔다. 바이바이 흔드는 손이 어서 빨리 가라고 등을 떠미는 것 같아 기분이 몹시 나빴다. 한 번도 쓴 적 없는 체험 학습 신청서까지 내고 한 시간 반을 달려왔는데……. 억울했다.

정장을 입은 직장인 무리가 매장 문을 열고 나오는 틈을 타 안으로 들어갔다. 채윤오, 매번 너무 쉽게 아빠를 용서하는 게 문제라면 문제다. 그냥 학교 진로 체험에 참여했다면 대학로에서 연극 한 편 건졌을 것이고, 맛집에 가서 티브이에 나온 달인 돈가스와 해물 떡볶이 사진을 인스타그램에 올렸을 것이다. 같은 조 녀석들이 단톡방에 올린 사진을 보니 그런 생각이 더 들었다.

아빠는 휴대폰에 이어폰을 꽂은 채 줄을 잡고 누군가와 통화 중이었다. 요즘 세상에 블루투스 이어폰이 아닌 게 눈에 거슬렸다. 두툼한 점퍼 차림도 못 봐주겠고, 온통 하얗게 새치로 덮여 있는 머리도 밉상이었다. 게다가 통화 내내 머리를 왜 자꾸 터는지 옆자리 사람들이 아빠를 피해 앉았다. 도저히 과학자로 보이지 않는 외모와 스타일이어서 속이 상했다. 테이블 위에는 커피 한 잔도 없었다. 내가 있었다면 분명 카페라테에 몬스터 버거 하나 시키라고 했을 거다.

전화 한 통에 대전까지 달려온 내가 바보 같았다. 보름 전, 아빠는 육 개월 만에 전화해서 크게 한 건 했다고 힘이 넘치는 목소리로 자랑했다. 동남아시아 일대에 출장을 다녀왔다고 했다. 태양열 전기 사업에 관심 가진 나라가 많다며 브리핑하고 다니느라 몇 개월 동안 바빴다고.

'가뜩이나 더위를 못 참는 아빠가 더운 나라에서 얼마나 고생했을까?'

아빠가 새롭게 시작하는 프로젝트 연구소를 보여 주겠다고 했을 때 이번에 제대로 일 냈구나! 드디어 대박이라고 나 또한 속으로 크게 외쳤다. 다른 때와 달리 연구 단지에서 가까운 유명 일식집에서 코스 요리를 시켜 주겠다고 했을 때는 당장 달려오고 싶었다.

그날 아빠와 약속을 잡고 계획을 짜서 진로 체험에 맞춰 엄마 몰래 왔는데 말짱 꽝이었다. 바지 주머니에서 진동음이 울려 꺼내 보니 엄마 전화였다. 나는 하얗게 센 아빠 뒤통수를 한 번 더 째려보고 밖으로 나와 전화를 받았다.

엄마는 점심을 건너뛴 건지 밥그릇을 비우는 속도가 나보다 더 빨랐다. 어디서 놀다 늦게 나타났냐고 투덜거리기만 할 뿐 별로 신경 쓰지 않는 눈치였다. 진로 체험 마치고 간만에 친구들과 피시방에서 게임하다 늦었다고 둘러대자 엄마가 튕기듯이 말했다.

"간만은 무슨, 정신 차려. 낼모레면 너."

"쫌!"

나는 강하게 악센트를 준 뒤 곧바로 고개를 처박고 쫄면을 먹었다. 이래야 엄마 입이 쏙 들어간다. 매콤 새콤한 면을 꼭꼭 씹어 삼키는데 엄마는 대학로에서 뭘 보았는지 물었고, 나는 입에 든 것을 핑계 삼아 어물어물 넘어갔다. 엄마도 딱히 뭘 했는지 더는 묻지 않았다. 사실대로 말하고 싶지만 아빠, 라는 단어만 나와도 일그러지는 엄마 얼굴을 보고 싶지 않았다.

몇몇 사람이 엄마에게 다가와 인사했다. 엄마와 똑같은 노란 망사 조끼를 입고 있었다. 등판에 ‘행복 두 배, 기쁨 가득, 럭키 마트’라고 쓰인 글씨가 하트 안에 담겨 있는 걸로 보아, 엄마와 그들은 하나로 이어진 하트 안의 사람들이었다.

엄마가 동료들에게 ‘조만간 입시생’이라며 날 소개했다. 어정쩡하게 일어나 인사하자 아줌마들이 대견하다며 추켜세웠다. 뭐가 대견? 어리둥절했지만 내게 불리한 질문 같아 그만두었다. 아주머니들은 파이팅을 외치고는 빈자리로 가 앉았다. 엄마는 고개를 끄덕이며 물로 입을 헹구었다. 나는 쫄면에서 오이와 양배추를 골라내며 못마땅한 표정을 지었다.

“고3이 무슨 자랑이야?”

“그러엄, 두 번 다시 돌아오지 않을 십 대의 찬란한 불꽃이지. 빛이야!”

시를 외우듯이 두 손을 허공으로 높이 드는 엄마의 표정에 우수가 깃들었다. 이때다 싶어 나도 무심한 척 입을 열었다.

“일요일에 풀코스 나가.”

“풀코스? 마라톤?”

엄마는 내 앞에 놓여 있던 쫄면 그릇을 빼앗았다. 황당해

하자 네가 지금 제정신이니? 왜 밤낮 뛰는데? 메뚜기야? 쏴쏴쏴 쏘아 댔다. 나는 조금 전 엄마 말을 그대로 따라 했다. 온몸에서 세포들이 소름 돋을 만치 일어났지만 눈 딱 감고 참았다.

"두 번 다시 오지 않을 십 대 끝자락에서 영혼의 순수한 땀방울 좀 흘려 보자."

이렇게 말하고 쫄면 그릇을 내 앞으로 가져왔다. 엄마는 어이없어하더니 이번이 진짜 마지막이라며 눈을 흘겼다. 컵에 든 물을 한입에 털어 넣었다. 한밤중에 혼자 소주 마시던 버릇이 나왔다. 내가 엄지와 검지를 꼬아 하트를 날려 보내자 엄마 얼굴이 살짝 펴졌다. 무사히 달리려면 엄마 마음 좀 녹여 줘야 한다. 그 순간, 햄버거 가게에 앉아 있던 아빠의 굽은 등과 초라한 모습이 떠오르면서 가슴이 답답하게 조여 왔다.

3년 전에 집을 나간 아빠, 다 큰 어른이 집 나간 게 무슨 자랑이냐 싶지만 심각한 정도는 아니었다. 아빠는 평상시에 엄마와 싸우는 것도, 대책 없이 사이가 나쁜 것도 아니어서 난 그저 그러려니 했다. 여드름이 막 올라오던 중2 가을이었고 아빠는 별거, 진짜 별거 아니라며 여느 때처럼 짐 가방을 챙기다가 축 처진 내 어깨를 일으켜 세웠다. 그전에도 아빠는 지방에 일이 있다며 한두 달씩 집을 비운 적이 있어서 대수롭지 않게 여겼다.

그날 이후로 아빠는 집에 돌아오지 않았다. 간간이 연락이 오면 나는 집 근처나 시내 환승역 부근, 더러는 경기도 어느 도시로 아빠를 찾아갔다. 아빠와 햄버거를 먹고 피시방에서 게임을 하거나 영화관에서 영화를, 만화방에서 야식을 먹으며 시간을 보냈다. 모처럼 보는데도 아빠는 집안일은 묻지 않았고, 나는 내 일을 말하는 척하며 은근슬쩍 엄마 근황을 흘렸다.

다이어트 클럽 접고 학습지 교사 하다 지금은 마트에서 일한다는 아주 구체적이고 세세한 부분까지 말하고도 무언가 허전하다 싶으면 '아빠 언제 와, 와요. 올 거지? 요.' 더듬거리며 물었다. 때 되면, 짧게 대답하고 아빠는 일어났다.

오늘은 반년 만에 보는 건데도 마주 앉아 안부를 묻지도 못했다. 처음 있는 일이었다. 먼 데 가서 밥값에 차비를 날리고 돌아온 건 문제도 아니었다. 점점 벌어지는 아빠와 나 사이의 틈이 예전 같지 않게 너무 커져서 당황스러울 뿐이다. 어떻게 해야 좁힐 수 있을까?

엄마가 차려 준 미역국으로 아침을 먹고 광화문으로 가는 전철을 탔다. 휴일 새벽인데도 전철 안은 마라톤 대회에 참가하는 사람들로 북적거렸다. 간간이 등산복 차림이 보였지만 대부분 운동복을 입은 채 가방이나 백팩을 옆에 두고 졸고 있었다. 휴대폰을 들여다보던 아저씨는 손목에 찬 시계를 서툴게 조작하고 있었다. 달리기 기록을 저장해 두려는 것 같았다. 신제품으로 출시됐을 때 사려다 접었던 제품이었다. 댓글에 의하면 기록이 정확하지 않고 은근히 무거워서 뛸 때 부담스럽다고 했다. 맞은편에 앉아 보온병에서 커피를 따라 남편에게 건네는 아줌마의 꽃무늬 원피스가 눈에 들어왔다.

광화문을 출발하여 서대문과 마포를 지나 여의도로 이어지는 달리기 코스는 가족들이 즐기기에 좋은 코스로 유명했다. 커피를 마시는 아저씨, 아줌마를 보다가 엄마, 아빠가 함께 커피를 마신 적이 언제였는지 떠올려 보았다. 잘 기억나지 않았다. 커피는 맥심이 제일이라며 꿀물처럼 한입에 삼키는 엄마와 휴대용 그라인더에 커피콩을 갈아 커피를 내려 마시는 아빠 모습이 한 화면에 담긴 두 개의 낯선 사진처럼 떠오를 뿐이었다.

나는 엄마와 아빠가 함께한 일을 골똘히 생각했다. 그사이 전철은 안국역에 도착했고, 자동문이 스르르 열리면서 기억이 우르르 별빛처럼 쏟아졌다. 웨딩드레스와 턱시도를 입고 스포츠카 앞에서 포즈를 취한 사진에 의하면 엄마, 아빠는 결혼식이란 걸 올렸다. 물론 그전에는 달콤한 연애 기간도 꽤 되었을 거다. 그러고 보니 어렸을 때 거실 한가운데 걸려 있던 결혼사진이 언제부턴가 보이지 않았다. 어디에 둔 걸까 궁금했다.

지하철에서 내려 4번 출구로 올라오자 세상이 환해졌다. 나는 머릿속으로 결혼사진을 찾아 베란다와 거실, 창고를 뒤지는 걸 그만두었다.

"윤오야!"

광장을 가득 메운 인파 속에서도 나를 부르는 소리는 또렷하게 들렸다. 목소리만으로 대번에 백조 누나라는 것을 알았다. 핑크 리본이 새겨진 손목 보호대가 공중에서 너울거렸다. 지난해 가을, 유방암 환자 돕기 마라톤 대회에서 받은 손목 보호대였다. 나도 가지고 있어 쉽게 알아보았다.

빽빽하게 들어찬 사람의 물결 속에서 키가 크지 않은 나를 알아보는 누나가 신기했다. 누나 이름은 홍수완, 마라톤 밴드 내에서의 닉네임은 스완이다. 백조, 홍백조. 나는 소리가 난

곳을 보며 손을 휘저었다. 보이기나 할까? 누나를 도와주겠다고 해 놓고는 약속을 지키지 못해 미안했다. 휴대폰을 짐가방에 넣어 여의도로 실어 보낸 내 부주의를 탓했다. 너무 서두르다가 실수하고 말았다.

이순신 동상 앞에서 모이기로 미리 약속한 터라 바로 거기로 갔다. 누나는 세 바퀴, 안창살 형과 함께였다. 형들 손에는 종이 쇼핑백이 들려 있었다. 내가 했어야 할 일인데. 전화를 받지 않아 형들에게 연락한 것 같았다. 사과를 하려 했지만, 누나는 주문받은 민소매 티셔츠를 꺼내느라 정신이 없었다. 얼른 옆에 붙어서 돕기 시작했다. 누나가 등판에 새긴 문장을 부르면 한 사람씩 나와 옷을 받아 갔다.

"사장님, 뭐 해? 뛰지 않고!"

진규 아저씨가 뛰는 흉내를 내며 옷을 받아 들고는 평생 부지런히 뛰었다며 넉넉하게 웃었다. 구십 킬로그램에서 육십 킬로그램대로 감량에 성공한 '다이어트의 여왕'은 순애 아줌마, '달린 후엔 안창살, 나는 안창선', '세진과 함께 세 바퀴' 등등 누나가 머리를 쥐어뜯으며 고민해 만든 문구에 회원들은 만족스러워하며 면티 위에 그것을 걸쳤다. 오늘의 달리기 실력은 순전히 저 문구에서 나오기라도 한다는 듯이 다들 흥분감을 감추지 못했다.

누나가 디자인한 티셔츠를 사려고 나도 이만 원을 미리 입금했다. 미처 옷을 주문하지 못한 사람들이 옆에서 보며 웃었다. 내 옷을 본 안창살 형이 막내 것은 영어로 써서 고급스러워 보인다고 했다.

'DO YOU KNOW 채윤오'

얘가 좀 고급지잖아, 누나가 말할 때 가슴속에서 무언가 뜨거운 게 훅 올라왔다. 나는 가슴을 쭉 펴고 어깨를 으쓱해 보였다. 컨디션은 단연 최고였다.

모임에 처음 나간 날이 떠올랐다. 자기소개 할 때 작고 숫기 없는 목소리로 이름을 말했더니 '두유노, 채윤오?'라며 사람들에게 나를 다시 인사시킨 사람이 바로 백조 누나였다. 그때는 창피해서 대회는 나가도 모임에는 얼굴 내밀지 말자고 다짐했는데, 어느새 달리기 밴드에서 나는 '러너에 막내는 없다', 짧은 다리를 비꼬아 '배신자 다리'로 불렸다. 누나는 자기 여동생과 나이가 같다며 나를 유독 잘 챙겨 주었다.

광화문 광장에 총소리가 울려 퍼지자 줄 맞춰 있던 사람들이 일제히 쏟아지더니 앞으로 서서히 나아갔다. 누나와 나는 천천히 발을 떼었다. 문구가 맘에 든다고 말하자 누나는 눈이 보이지 않을 정도로 웃었다. 풀코스는 처음이니 평상시처럼 페이스 유지하라는 말을 하며 서서히 속도를 내기 시작하는 누나. 등에는 '나 잡으면 용치'라는 문구 아래 얄궂은 얼굴 이모티콘이 새겨져 있었다. 나는 서서히 다리에 힘을 실었다. 한쪽 눈을 감은 이모티콘이 나를 향해 윙크한다는 착각에 빠져 자꾸 입에서 웃음이 새어 나왔다. 사람 마음을 포근하게 감싸 주는 백조 누나. 오늘 달리기의 목표가 누나라도 되는 듯이 뒤를 따라 뛰었지만 점점 틈이 벌어졌다.

4시간 58분 47초에 결승선에 도착했다. 앞서 두 번의 경험으로 깨달은 게 있다면 5시간을 넘기면 풀코스는 지독히 외로운 싸움이라는 거였다. 길에서 나눠 주는 음료대와 이동 차량도 철수해 거의 무아지경으로 뛰기만 해야 한다. 거기다 결승선에서 맞이하는 기록은 스스로를 쑥스럽게 만들었다. 이번에는 이 악물고 5시간 안에 들자고 다리에 힘이 풀릴 때마다 주문을 걸었다.

신기하게 5시간 안에 들어왔다. 이미 도착한 밴드 사람들은 옷을 갈아입고 아직 도착하지 않은 사람들을 기다렸다. 머쓱한 기분도 잠시, 하나같이 나를 격려해 줘서 몸 둘 바를 몰랐다. 나 또한 내 뒤에 들어온 이들에게 주먹을 들어 보이며 크게 외쳤다. 수고한 당신이 최고!

보관소에서 짐을 찾으면서 휴대폰을 켜 보니 부재중 전화가 무려 열 통 넘게 와 있었다. 아침 일찍 백조 누나가 나를 찾은 것 빼고는 모두 아빠 전화였다. 다른 때 같으면 바로 통화 버튼을 눌렀을 텐데, 잠시 미루고 싶었다. 밴드 사람들과 한강 잔디밭에 앉아 뒤풀이로 치킨과 짜장면을 먹기로 한 게 더 급했다. 10킬로미터에서 하프, 오늘은 42.195킬로미터 풀코스 세 번째 날이었다. 사람들에게 코치를 받아 더 나은 다음을 기약하기로 했다.

짜장면을 비비면서 사람들 이야기를 들었다. 너무 욕심내어 달리면 힘만 들고 기록은 잘 나오지 않는다고 했다. 나는 욕심내지 않고 달린 적이 없었다. 어렸을 때는 선생님과 친구들에게 인정받는 게 좋아서 뛰었고, 아빠가 스프링 운동화를 개발했을 때는 신발 모델이라는 사명감으로 뛰었다. 체육대회 계주 선수로 나갈 때는 당연히 팀의 우승을 위해 목이 따끔거릴 정도로 마지막 숨까지 참으며 뛰었다. 어떻게 욕심

없이 뛸 수 있지? 사람들이 그저 신기할 뿐이었다.

공장 사장님인 진규 아저씨는 하루 24시간 공장에서 돌아가는 기계처럼 일만 해 몸이 안 좋아 달리게 되었다고 했다. 순애 아줌마는 학부모들이 영어 상담 와서 자기 몸을 스캔하는 느낌이 싫어 다이어트 목적으로 달리게 되었다고 하고, 세진 형은 군대 가기 전에 몸을 단련시키기 위해 시작한 게 제대한 지금까지 이어지고 있다고 했다. 다들 자기만의 목표를 위해 뛰었다. 거기에 욕심이 한 톨도 없다는 게 믿기 어려웠다.

누군가 체육 대학을 목표로 뛰느냐고 나에게 물었다. 달리기를 좋아하지만 그걸 진로로 생각한 적은 없었다. 체대는 무슨, 나는 그냥 뛰었다. 달리면서도 끊임없이 뛸래 말래, 혼자 묻고 답하고 뜸 들이다 끝내 완주하는 그 느낌이 좋아서. 뛰고 나면 묵직한 메달이 생겨서 좋았고, (실은 이런 메달, 학교 다니면서 한 번도 받은 적이 없기에 내가 꽤 괜찮은 사람으로 느껴졌다.) 사람들과 어울려 달리는 길, 주로에서 있었던 일들을 나누는 게 좋았다. 이편에서 달릴 때는 맞은편에서 돌아오는 사람을 보며 힘을 냈고, 내가 맞은편에 설 땐 아직 이편에 있는 사람을 응원하며 함께 힘을 얻었다. 이유가 너무 빈

약한가?

이런 생각에 빠져 있는데 엄마에게서 전화가 왔다. 아빠가 교통사고로 병원에 입원했으니 빨리 오라는 말만 남기고 끊었다. 이런 젠장, 나는 불어 터진 짜장면을 되는 대로 입에 욱여넣은 뒤 서둘러 서울역으로 향했다. 그제야 아빠에게 미리 전화하지 않은 걸 후회했다.

수술실 앞 의자에 앉아 창밖을 물끄러미 바라보았다. 푸른 나무와 색색의 꽃들이 화려한 빛깔을 뽐내며 햇살을 날름 빨아먹고 있는 일요일 오후였다. 가만히 앉아 있자니 나른하게 눈이 감겼다. 바람에 실려 온 비릿한 냄새가 콧속으로 파고들었다. 땀이 식은 몸이 서걱거리며 가려웠다.

엄마가 달리기 어땠냐고 묻는데 입이 열리지 않았다. 눈은 이미 감긴 상태에서 뚜뚜뚜뚜, 수술 장비 틈에서 힘겹게 숨을 쉬고 있는 사람의 모습이 흐릿하게 보이다 사라졌다. 아빠인지 아닌지는 확실하지 않았다.

아빠는 무료 급식소에서 밥을 먹다 티브이로 생중계되는 마라톤 프로그램을 본다. 예전에 만든 운동화가 대박만 났어도 인생이 지금 같지 않았을 거라며 주위에 대고 큰소리친다. 사람들의 덤덤한 반응에 머쓱해서 다시 티브이로 눈길을 돌린다.

아나운서와 해설 위원이 고등학생들이 풀코스에 도전하는 모습이 멋지다는 말을 주고받다 '네, 요즘 고등학생들 불쌍하죠!' 이 한마디가 나오는 순간, 아빠는 티브이 속 나를 본다. 물을 끼얹은 것처럼 땀으로 범벅이 된, 지치고 시든 아들의 얼굴을 보니 놀랍고 반갑고 기뻐서 주변 사람들에게 '쟤, 내 아들인데…….' 횡설수설 자랑한다. 그사이 화면은 노인과 아가씨가 뛰는 장면으로 바뀌어 있다.

아들이 티브이에 나오는데 당신은 왜 여기에 있냐고 이죽대는 어떤 남자의 멱살을 잡다가 난동을 피운다. 아빠는 팩소주를 마시며 정처 없이 뛰고 있다. 오래전 나에게 달리기를 처음 가르쳐 줄 때처럼 뛴다, 뛰어, 뛰뛰뛰……. 그렇게 뛰는 아빠의 모습 뒤로 빵 빠앙! 소리에 놀라 눈을 떴다. 크헉!

"뭘 그리 놀라?"

엄마 말에 나는 눈을 비비며 머리를 털었다. 눈을 감은 잠깐 사이 꿈을 꾸었다. 나는 아빠를 찾았다.

"기차에서도 안 자더니 피곤하지?"

"아!"

"나도 달리기나 할까? 요즘 부쩍 몸이 무거워진 것 같아서 말이야."

"엄마가?"

"나, 어렸을 때 100미터 12초였어."

"오!"

아빠가 대형 트럭과 부딪쳐 공중에 붕 떠서 나가 고꾸라진 게 꿈인지 현실인지 헷갈렸다. 엄마에게 다시 묻기도 어중간해서 그저 추임새만 길어졌다. 오!

엄마는 바빴다. 달리기는 어쩌면 엄마의 주특기인지도 모른다. 트랙이 아닌 길 위에서, 취미가 아닌 생존을 위해 분주히 뛰어다닌 엄마. 반대로 아빠는 종일 자고, 먹고, 쉬었다. 엄마의 잔소리가 툭툭 불거지면 조용히 신발을 꿰신고 조용히 사라졌다. 그러고는 한 달이나 두 달 후에 아무 일 없었다는 듯이 나타나 똑같은 일상을 살았다.

어린 내가 보았던 부모님의 모습은 퍽 대조적이었다. 엄마가 끝없이 잔소리를 늘어놓아도 아빠는 묵묵히 듣고만 있었다. 그러다 아빠가 또 사라질까 봐 나는 항상 불안했다.

집에 있는 동안 아빠와 나는 동네 뒷산에 오르거나 분식집에서 간식을 해결하고 피시방에서 눈알이 핑핑 돌 때까지 게

임을 했다. 지방에 가기도 하고 서울에서 출퇴근하기도 하는 아빠는 회사에 소속되지 않은 상태로 자유롭게 일했다.

기획안을 올리고 아이디어를 제출해 채택된 업체와 일하는 프리랜서 발명가였다. 스프링 러닝슈즈, 냉장고처럼 시원한 여름 바지, 무좀 방지 깔창, 접이식 물병, 미세 먼지 차단 마스크 등 생활에 필요한 것을 찾아 연구하고 개발하는 게 아빠 일이었다.

그런 아빠가 언젠가부터 남들 앞에 보이고 싶지 않은 모습을 하고 나타났다. 일류 대학을 나와 한때는 수재라는 말을 귀에 못이 박히도록 들었다던 아빠가 노숙자 행색을 하고 나타날 때마다 나는 견딜 수 없이 부끄러웠다.

아빠는 늘 무언가 새로운 것을 만드느라 골몰하면 할수록 화려하기보다 점점 초라해졌다. 연락이 안 되는 동안 멀리 외국에 나가 있었다고 하고, 달러밖에 없으니 밥값은 나에게 내라고 우기면서 음식을 주문할 때는 황당했다. 돈을 챙겨 가길 잘했다며 속으로 가슴을 쓸어내린 게 한두 번이 아니다.

아빠가 나에게 주려고 근사한 선물을 샀는데 택시에 두고 내렸다며 안타까워할 때는 입에서 헐, 소리가 나며 온몸에서 힘이 빠졌다. 현실과 이상, 진실과 허위, 그 모두를 오가며 실속 없이 분주하기만 한 아빠를 보는 게 불편했다. 엄마도 그랬을까? 물어보고 싶었다.

"아빠 따라가겠다고 했을 때 실망했지?"

"아빠를 존경하니 다행이야."

"엄마는?"

"나? 뭐?"

"다시 같이 살 거지?"

"……."

엄마나 나나 그동안 한 번도 이런 말을 하지 않고 살았다. 지금은 수술실 앞에 있으니 그저 아빠가 무사히 깨어나기만을 바랐다. 싫은 감정은 지우고 미운 감정은 내려놓고 아빠를 창피해하는 나 자신을 꾸짖는 마음이 컸다. 감정도 습관이고 훈련이고 세뇌라는 생각이 들어서다.

나는 아빠가 별거에 들어간다며 짐을 챙길 때 따라가겠다고 했다. 엄마와 있으면 항상 혼자일 것 같고, 아빠와 함께라면 그나마 덜 외로울 것 같았다. 그만큼 나는 아빠가 편했다. 그렇게 다짐하며 잠이 든 다음 날, 일어나 보니 아빠가 없었다. 나는 주체할 수 없는 화를 엄마에게 퍼부었다. 멀쩡한 아빠에게 매번 뭐라고 하는 엄마에게 모든 분노를 쏟아 냈다.

아빠가 밖으로 떠도는 게 엄마 탓 같았다.

"아빠가 널 데려가지 않은 건……."

"알아, 엄마 감시하라고."

"뭐?"

엄마는 놀란 눈으로 나를 보았다. 나 또한 찔끔하며 움츠러들었지만 지금 와서 못 할 말도 아니었다. 엄마가 아빠에게 준 상처를 엄마도 알 필요가 있었다. 아빠는 나에게 말했다. 엄마와 같이 살 수 없다고. 정숙한 여자가 아니라서 용서할 수 없다며 내가 곁에서 엄마를 지켜야 한다고 했다.

그때는 무슨 말인지도 모른 채 엄마를 증오하고 싫어했다. 아빠를 슬프게 만든 사람이 엄마라는 생각에 싫은 마음이 한층 더 커졌다. 중학교 2, 3학년 때 엄마를 지독하게 괴롭혔다. 엄마는 거의 매일 선생님 전화를 받았고, 학교에 수도 없이 드나들었다. 하지만 나는 모른 척했다.

엄마가 길게 숨을 내쉬었다. 무슨 말을 하려다 말고 그냥 내 이름만 불렀다. 윤오야, 윤오야.

초등학교가 파하면 뽀로로가 그려진 비닐 파우치에 든 음료수를 마시는 재미에 엄마가 일하는 약국에 자주 들렀다. 혼자 갈 때도 있었지만 친구들을 데리고 갈 때가 더 많았다.

어느 때든 엄마는 뽀로로 음료수를 주었고, 약사 아저씨는 나와 친구들을 보며 나이가 몇인데 아직도 뽀로로냐고 물었다. 매끈한 대머리 아래 두꺼운 안경알 너머로 살짝 웃는 게 혼내는 분위기는 아니었다.

엄마는 점심시간이면 집에 와 밥을 먹고 잠시 쉬었다 약국에 나가 저녁까지 일했다. 하루는 약사 아저씨가 일인분은 배달 안 되니 같이 먹자며 분식집에서 김치찌개를 시켰다. 머리를 맞대고 식사하는 모습을 아빠가 밖에서 보고 인사도 없이 돌아갔다고 했다. 내 기억으로 약사 아저씨는 엄마보다 스무 살은 더 나이 들어 보였는데, 아빠는 그걸 엄마가 바람 피운 걸로 착각한 걸까? 그랬다면 그건 너무 오버한 듯.

"윤오야, 넌 왜 공부해?"

"뜬금없이 공부는 왜?"

"그럼 잘하는 거?"

"달리기."

일 초도 망설이지 않고 말했다. 순위권 안에 든 적도 없고 상금을 받은 적도 없지만, 그게 사실이니까 입에서 바로 튀어나왔다.

"잘하는 걸 즐거운 마음으로 하면 행복할까?"

엄마 물음에 나는 당연하다는 듯 고개를 끄덕였다.

“그런데 왜 아빠는 행복하지 않을까?”

엄마가 또 물었다. 행복은 공유하고 공감하는 건데, 엄마는 이십 년 가까이 아빠를 곁에서 보았지만 함께 행복한 적이 없다고 했다.

“내가 볼 땐 아빠 행복했어.”

진심이었다. 아빠는 골똘히 생각하고 물건을 만들 때 희열을 느꼈다. 곁에서 봐도 그 감정이 전달되었다. 하지만 엄마가 말하려는 게 뭔지도 어렴풋이 알 것 같았다. 아빠가 기뻐한 일에 함께 즐거워한 적이 엄마나 나나 별로 없었다. 자기를 인정하며 사는 것과 별개로 남들에게 인정받는 아빠를 본 적이 없기 때문일까?

엄마가 말했다. 아빠는 평생 집에 돈 한 푼 가져오지 않았다고. 허황된 꿈에 젖어 집안 친척들에게 돈을 꿔 물건을 개발한 뒤 샘플을 들고 이리저리 업체를 돌아다녔다는 것이다. 그때 진 빚을 아직도 엄마 혼자 감당한다고 했다. 엄마는 신용 불량자 상태라 그 흔한 신용 카드 한 장 없었다.

나도 당연히 현금을 썼다. 매장에서 현금을 안 받는 곳에서는 친구들에게 계산해 달라 하고 돈을 건넸다. 나중에 친구가 알려 줘서 체크 카드를 뒤늦게 만들었다. 카드를 쓸 때는 왠지 모르게 나 자신이 그럴듯하게 보였지만 잔고가 빨리 바닥났다.

엄마는 약사 아저씨에게 아빠 취업을 부탁했다. 그래서 가게로 나오라고 한 건데, 아빠는 피해 의식에 젖어 엄마를 몰아붙였다. 아빠에게 한 번도 받아 보지 못한 용돈, 받아 본 적 없는 선물, 그래도 사랑은 받았다고 확신하는데 자꾸만 말끝이 흐려졌다.

"엄마, 그래도……."

난 공부는 못해도 달리기는 좋고, 그걸로 돈을 벌 자신은 없지만 끝까지 달릴 힘은 있다고 말하고 싶은데 말이 나오지 않았다. 수술실 앞에 앉아 있기 힘들어 일어났다.

"아빠, 미워하지 말자."

부서지고 망가진 아빠가 언제 저 문을 나올까 불안과 기대 사이에서 초조한 지금, 엄마에게 꿀물 같은 커피 한 잔 사 주고 싶어 자판기를 찾았다. 아빠가 물건을 만들고 나서 마시는 커피 한 모금의 감탄사가 귓전에 맴돌았다.

"캬, 대박이다, 대박!"

구슬 감추기

검은색 벤츠가 서서히 다가왔다. 강욱이는 저도 모르게 운동화 앞코를 땅에 콩콩 박았다. 학교에서 보낸 시간보다 더 길고 지루한 오후 일정이 성큼 다가오는 것 같아 뒷걸음질쳤다. 차는 정확히 강욱이 앞에 와서 멈춰 섰다.

차 문을 열고 자리에 앉자 엄마가 뒤를 돌아보며 이맛살을 찌푸렸다. 누군가와 통화 중인지 귀에 이어폰을 꽂고 있었다. 엄마는 손가락으로 운동화를 가리키며 입을 뻥긋거렸다. 새 신을 함부로 신는다고 나무라는 거다. 강욱이는 대충 손을 흔들어 알았다고 답했다. 엄마는 이미 돌아앉아 상냥하게 웃으며 말했다. 변신의 귀재가 따로 없다. 3% 아줌마들과 통화

할 때면 항상 호기를 부리며 여유를 잃지 않았다.

효율적인 학습법, 인기 강사, 성적 관리, 짧은 시간에 예체능 점수 올리기 따위에 열 올리는 엄마 때문에 강욱이는 초등학생 때부터 철새처럼 학원을 옮겨 다녔고, 중학생이 되어서는 효율을 따져 가며 집에서 과외를 받고 있다.

엄마는 강욱이가 유치원 때부터 다니던 영재원 친구 엄마들과의 관계를 친척들보다 더 소중하게 여겼다. 그 친구들이 중학교에서 한 자리씩 차지하는 상위 3%이기에 아줌마들과 교류를 부지런히 이어 가고 있다. 강욱이는 종종 생각한다. 언제쯤 아줌마들이 엄마에게 100%의 정보를 줄까? 진짜 정보란 게 있기는 한 걸까? 언제쯤 엄마는 그들에게서 자유로워질까?

차창 밖으로 하교 중인 아이들이 보였다. 편의점이나 분식집, 단과 학원이나 집으로 가는 아이들이 열 배, 아니 백 배는 더 행복해 보였다. 친구들과 웃으며 서로를 밀치고, 가볍게 주먹질도 하면서 걷는 기분은 어떨까? 집에서 멀리 떨어진 사립 초등학교를 다닐 때나 집 근처 중학교를 다니는 지금도, 강욱이는 여전히 엄마 차로 등하교했다. 그래서 친구들과 집에 간 적도, 다 함께 우르르 학원에 간 적도 없다. 강욱이는 편의점에서 컵라면을 먹거나 학원에서 친구들과 까불고 장난치며 노는 게 어떤 건지 잘 모른다.

창밖으로 반 아이들 서넛이 지나가는 걸 보고는 얼른 몸을 숙였다. 강욱이를 찌질한 범생이라고 놀리는 녀석들이다. 시험 점수 1점에 목숨 거는 소심남이라고 놀렸다. 수학 문제가 잘못되어 운영 위원회 위원인 엄마가 재시험을 요구했을 뿐인데 화살은 곧장 강욱이에게로 꽂혔다. 그러거나 말거나 강욱이는 전교 3등에서 2등이 되는 행운을 누렸다.

엄마는 좋은 소식이라며 학원 이야기를 꺼냈다. 매주 수요일 저녁, 실험 수업이 있는 과학 학원에 다니게 되었다. 영재학교 합격률 99%라 쟁쟁한 아이들만 모여서 공부한다며 좋은 기회이니 잘해 보라고 했다. 수업을 마치면 학원 옆에 있는 스포츠 센터에서 수행 평가 대비 체육 수업도 받을 거라고 했다. 엄마는 영재 학교를 목표로 내신 다지기에 열을 올리고 있는 게 분명했다.

어찌 되었든 그 덕분에 새벽에 다니던 수영은 당분간 쉴 수 있게 되었다. 새벽 한 시에 잠자리에 들어 다섯 시에 일어나 수영을 가는 건 죽기보다 싫었다. 강욱이는 잘됐다 싶어 고개를 끄덕였다. 강욱이가 대답하지 않더라도 엄마는 제멋대로 학원에 등록을 하겠지만.

학원에 도착해 가방을 열어 보니 필통이 없었다. 수학 과외를 받고 미처 필통을 챙기지 않은 게 생각났다. 첫날이라 일찍 왔더니 시간의 여유가 제법 있었다. 강욱이는 학원을 나와 근처 문구점에 갔다.

아기자기한 소품들이 가득한 문구점에는 학생들 대여섯 명이 있을 뿐인데도 어딘가 모르게 어수선했다. 필기구 코너에서 여학생이 펜을 고르고 있었다. 하얀 종이에 낙서하고 정성스레 캐릭터 그림도 그렸다. 강욱이가 펜을 고른 사이에 여학생은 쓰던 펜을 제자리에 놓고 다른 펜을 꺼냈다. 강욱이는 여학생을 빤히 쳐다봤다. 여학생은 새로 뽑은 펜으로 글씨를 쓰고, 또 그림을 그렸다.

강욱이는 들고 있던 펜을 슬그머니 제자리에 놓았다. 새것이라고 생각한 펜이 누군가의 손길이 닿은 거라는 생각에 기분이 불쾌했다. 이제껏 볼펜이며 공책, 샤프심까지도 엄마가 준비해 주어 그 모든 게 진짜 새것이라고 여겼기 때문이다.

인상을 쓰며 자리를 벗어나려는데 분홍색 젤리펜이 공중낙하하듯, 여학생이 팔에 끼고 있던 신발주머니 안으로 떨어졌다. 여학생은 끄적이던 펜을 들고 태연하게 계산대로 갔다. 주인에게 돈을 건네고 인사까지 하며 밖으로 나가는 여학생의 뒷모습을 강욱이는 한참 동안 바라봤다. 신발주머니 안에 들어간 펜은 우연일까, 계획일까? 강욱이는 여학생에게 하는 건지, 자기에게 하는 건지 모를 질문을 하며 조심스럽게 펜을 집었다. 계산을 하러 가는데 다리가 휘청였다. 돈을 건네자 아줌마가 한 자루? 하면서 잔돈을 거슬러 주었다.

강욱이는 학원 강의실까지 뛰었다. 다행히 수업 시작 전이었다. 가방을 놓아둔 자리엔 이미 누군가 앉아 있었다. 강욱이는 그 앞에서 두리번거리며 제 가방을 찾았다. 자리에 앉은 아이를 쳐다봤지만 책에서 눈을 떼지 않았다. 박민석이었다. 강욱이가 한 번도 따라잡지 못한 전교 1등. 강욱이 눈에도 박민석은 재수 없는 자식이었다.

책상 옆 고리에 걸린 가방이 눈에 들어왔다. 가방을 들고 뒤로 갔다. 같은 학교 친구를 만나면 좋을 것 같았는데, 그게 하필 박민석이라 기분이 좋지 않았다. 게다가 제 자리도 아니면서 남의 가방 치우고 앉은 녀석의 행동에 씁쓸한 웃음이 새어 나왔다. 맨 뒤에는 빼빼 마른 녀석과 뚱뚱한 녀석이 앉아 있었고, 그 사이에 책상 하나가 비어 있었다. 강욱이는 외모가 또렷이 대비되는 두 아이 사이에 앉았다. 오른쪽은 빼빼로, 왼쪽은 빅버거라고 속으로 이름을 붙였다.

벨이 울리고 얼마 지나지 않아 선생님이 투명 박스를 들고 들어왔다. 웃음기 하나 없는 무뚝뚝한 얼굴로 오늘의 주제를 칠판에 썼다. '인간의 뇌 구조'. 강욱이는 들고 있는 펜으로 공책에 제목을 적다 문득 생각난 듯 셔츠 소매 안으로 손을 넣어 무언가를 꺼냈다. 손에 들고 있는 것과 똑같은 볼펜이었다. 몰래 숨겨 온 볼펜 한 자루, 강욱이는 값을 치르지 않고도 물건을 손에 넣을 수 있다는 사실을 그날 처음 알았다.

그 후로 강욱이는 학원 가는 날이면 엄마에게 미리 실험 준비를 한다며 서둘렀다. 소문난 과학 학원은 다르다며 엄마는 강욱이를 대견스러워했다. 기말고사는 맡아 놓고 백 점이라며 노래까지 불렀다. 엄마는 지난 시험에서 강욱이가 과학 문제 하나 틀린 걸 두고두고 아까워했다.

학원 근처엔 문구점과 팬시 용품 가게가 건물마다 한두 개씩 있었다. 길 건너에는 규모가 큰 대형 문구점도 있었다. 강욱이는 매번 새 문구점을 돌며 학용품을 구경했다. 그러면서 또래 아이들을 살펴보았다. 대부분 교복을 입고 책가방을 어깨에 반쯤 걸친 채 팔에는 신발주머니를 들고 있었다.

아이들은 몇 천 원 안 되는 물건을 사는데도 둘러서서 고민하고, 키득대며 딴 이야기를 하다가 계산을 했다. 또 어렵사리 든 것을 제자리가 아닌 딴 자리에 놓기도 했다. 강욱이는 학생들이 놓고 간 공책 위 필통이라든가, 필통 안에 두고 간 샤프 따위를 말없이 보다가 가게를 나왔다.

구슬 하나를 집었다. 동글동글, 반질반질, 제법 무게가 나가는 유리구슬이었다. 과학 실험 때 무게를 가늠하느라 만져 본 적이 있는 차갑고 딱딱한 구슬보다 조금 더 큰 것이었다. 아주 오래전에는 구슬로 구슬치기도 했다는데, 지금은 다른 용도로 사용되는 그 옛날의 놀잇감을 보며 침을 삼켰다.

구슬을 바지 주머니 안으로 밀어 넣었다. 사탕보다 조금 클 뿐인데도 주머니가 꽤 무겁게 느껴졌다. 미술용 지우개를 들고 계산대로 갔다. 점원 형이 계산을 마친 뒤 내려놓은 휴대폰으로 자연스럽게 눈을 돌렸다.

강욱이는 강의실 빈 책상 위에 커다란 왕구슬을 올려놓았다. 동그란 구슬이 자리에 가만히 있는 모습이 신기해 한참 들여다보았다. 조금 있으려니 아이들이 들어왔다.

"어, 구슬 들입다 크네. 구슬치기할 사람 붙어라, 붙어."

빅버거가 구슬을 들어 보이며 말했다.

"구슬도 꿰어야 보배지."

"뭐?"

"안마, 구슬 하나 가지고 어떻게 구슬치기를 하냐?"

빅버거가 빼빼로의 말에 휙 나가더니, 잠시 후 구슬 대여섯 개를 가지고 돌아왔다.

"이거, 여기 거랑 비교도 안 되게 크네."

빅버거는 왕구슬로, 강욱이와 빼빼로는 학원 구슬을 가지고 구슬치기를 했다. 앞자리 아이들은 유치하다면서도 같이 끼어서 놀거나 열심히 구경했다. 박민석은 그 와중에도 책에 얼굴을 파묻고 있었다. 그러거나 말거나 강욱이는 빅버거, 빼빼로와 함께 구슬치기를 했다.

왕구슬의 위력은 실로 대단했다. 딱따닥! 왕구슬 한 방에 작은 구슬은 금세 깨질 것 같은 소리를 내며 멀리 밀려났다. 달아난 작은 구슬을 찾는 게 귀찮아 아이들은 구슬 찾기로 놀이를 바꾸었다. 빅버거의 솥단지 같은 손 어느 쪽에 왕구슬이 있는지 맞히는 거였다. 예측 불가능이었다. 강욱이는 번번이 틀렸다. 맞히지 못해도 재미있었다. 빼빼로가 못 맞힌다고 핀잔을 줬지만, 강욱이는 빅버거의 찐빵같이 부푼 손을 탓했다. 빅버거는 맛있겠다며 개그맨처럼 자기 손을 먹는 시늉을 했다. 강욱이는 그 모습을 보며 모처럼 신나게 웃었다.

종소리에 빅버거가 급히 구슬을 들고 밖으로 나갔다. 선생님과 함께 들어오며 왕구슬을 높이 흔들었다. 학원 게 아니라서 자기가 갖는다고 했다. 강욱이는 구슬 하나에 천진하게 웃고 있는 빅버거가 중학생이 맞나 의심스러웠다.

구슬을 훔친 게 아무 일도 아니게 되었다. 오히려 구슬로 친구까지 생겼다. 강욱이는 일주일에 한 번이지만 빅버거, 빼빼로와 노는 게 재미있었다. 기껏해야 수업 전이나 쉬는 시간, 그리고 엘리베이터에서 인사를 나누고 헤어지는 게 전부지만 서로 몸을 부대끼며 낄낄거리는 친구가 있어서 좋았다.

강욱이는 엄마가 학원 앞에 내려 주면 곧장 건물 안으로 들어갔다. 엄마가 떠나는 걸 본 뒤 뒷문으로 나와 문구점을 찾아 들어갔다. 지난번에 갔던 문구점은 피했다. 항상 새로운 문구점이었다. 강욱이는 볼펜, 샤프, 수정액, 붓, 이어폰, 두툼한 다이어리 따위를 집었다. 필요하거나 갖고 싶어서가 아니었다. 그날그날의 기분대로 물건은 강욱의 손에 잡혔고, 심호흡까지는 아니어도 침을 한 번 삼킨 뒤 물건이 사라지는 마법을 부렸다. 강욱이는 마법사가 되었다.

주머니는 수색의 위험이 있어 피했다. 셔츠 안이나 바지

안, 양말 안쪽, 운동화. 그렇게 숨겨 온 물건들을 학원 강의실에 버렸다. 엄마에게 귀찮은 질문을 받고 싶지 않아서였다.

책상이나 서랍에 넣어 둔 물건을 제일 먼저 발견하는 사람은 대체로 빅버거였다. 무언가를 살피는 데는 가히 천부적이었다. 빅버거는 주인이 나타나지 않으면 자신이 가질지, 데스크에 갖다줄지를 고민했다. 그때마다 빼빼로는 옆에서 조언했다. 볼펜이나 수정액은 데스크에 가져가 봐야 주인을 찾을 수 없을 테니 그냥 필통에 넣어 두라나? 다이어리 같은 건 자기한테 넘기는 게 좋을 거라고 음흉하게 웃으며 말했다. 빼빼로는 옆에서 거드는 척 자기 것도 챙길 줄 아는 실속파였다.

강욱이가 훔친 물건은 결국 빅버거나 빼빼로 것이 되었다. 강욱이는 이 구조도 꽤 재밌었다. 자신이 훔친 물건을 친구들이 사이좋게 나눠 갖는다! 빅버거나 빼빼로는 강욱이와 공범 아닌 공범이 되었다. 강욱이는 훔치는 행위를 그만둘 수 없었다. 하면 할수록 대담해지고, 실행한 후에는 왠지 모르게 마음이 평온해졌다. 문구점을 순회하는 그 순간이 마법의 시간이자 시들한 에너지를 채우는 시간 같았다. 가슴이 어느 때보다도 더 힘차게 요동쳤다.

학원 다닌 지 두 달이 되어 가던 어느 날, 1교시 수업을 마친 후 빅버거가 조용히 강욱이를 불렀다. 빼빼로가 덩달아 일어나려는 것을 빅버거가 제압했다. 빼빼로는 어이없어하며 강욱이를 쳐다봤다. 일종의 구원 요청 같은 거였다. 강욱이는 어깨를 으쓱해 보였다. 강욱이는 빅버거를 따라 강의실 복도를 지나 출입문을 열고 계단 통로로 나갔다.

"야, 이 도둑놈아!"

빅버거가 쫙 찢어진 눈으로 강욱이를 쳐다봤다. 강욱이는 무슨 소리냐며 웃었다. 빅버거가 거칠게 밀자 강욱이가 힘없이 벽으로 밀려났다. 녀석이 힘이 세다는 건 알았지만, 그 힘에 자기가 피해를 보리라곤 상상도 못 했다. 빅버거는 무슨 말을 꺼낼 듯하더니 말없이 휴대폰을 내밀었다. 휴대폰을 받아 든 강욱이는 화면을 보았다. 순간, 누군가 심장을 꽉 움켜쥔 듯한 느낌이 들었다. 빅버거가 목소리를 낮춰 말했다.

"그게 다가 아냐. 넘겨 봐."

강욱이는 다른 사진도 차례로 넘겨 보았다. 장소만 바뀌었을 뿐 모두 한 사람이었다. 모자를 눌러쓴, 점퍼를 걸친, 티셔츠 차림의 말쑥하고 단정한 강욱이가 마우스를, USB를 가방에 넣거나 몸 안에 쑤셔 넣었다. 포장을 뜯은 헤드셋을 모자 위에 쓰고 유유히 걸어 나오는 모습이 카메라에 찍혔다.

사진 아래에는 '상습적으로 도둑질을 일삼는 이 학생을 알거나 제보해 주면 사례하겠음.'이라고 씌어 있었다. 강욱이는 휴대폰을 빅버거에게 건넸다. 빅버거가 소리치자 강욱이는 얼굴에 튄 침을 손등으로 닦았다.

"왜 그랬어?"

"나 아냐."

"야, 눈 감고 봐도 딱 너야."

때마침 수업 시작종이 울렸다. 강욱이는 운동화 앞코로 바닥을 두드렸다. CCTV 위치를 다 파악한 줄 알았는데 아닌 모양이었다. 대형 문구점이라 서너 차례 출입한 게 실수였다. 이미 사진은 동네에 깔렸을 것이다.

"교실에 물건 깐 게 너지? 그것도 모르고 이어폰에 USB 생겨 좋다고 했으니, 젠장."

끼이익, 신경을 긁듯 철문이 열렸다. 빼빼로가 고개를 빼꼼히 내밀었다.

"뭐 해? 수업 시작했어. 가면이 빨리 들어오래."

무언가 더 쏟아 낼 것 같던 빅버거가 그대로 가 버렸다. 쾅 소리를 내며 닫힌 문 뒤에 강욱이는 그대로 서 있었다.

차 안에서 강욱이는 엄마를 불렀다. 엄마는 건성으로 대답했다. 강욱이는 엄마를 또 불렀다. 무슨 말이든 하고 싶었지만 아무 말도 나오지 않았다. 엄마도 더는 대답하지 않았다. 강욱이 머릿속에선 도둑놈이라는 빅버거의 목소리만 또렷이 메아리쳤다. 그날 밤 강욱이는 고열에 시달렸다. 이틀 동안 누워 지냈다. 주말이 되어서야 몸이 서서히 회복되기 시작했다. 엄마는 괜찮냐고 물었고, 강욱이는 고개를 끄덕였다.

"그럼 밀린 과외 수업하자."

강욱이는 고개를 흔들었다. 엄마가 괜찮냐고 물은 게 몸 상태가 아니라, 공부할 수 있는 상태였다는 데 화가 났다. 답답했다. 강욱이는 그대로 침대로 들어가 버렸다.

월요일이 되어도 몸이 으스스하고 기운이 없었다. 엄마는 기말고사가 얼마 남지 않았다며 가방을 챙겨 주었다. 학교에 가자고 했다. 강욱이는 피할 방법이 없었다. 교실 풍경이 낯설었다. 수업에 들어오는 교과목 선생님들도, 그들이 하는 말도 하나같이 생소했다. 강욱이는 지금 자신이 어디에 와 있는지 몰라 자주 두리번거리며 되뇌었다. 상수중학교 3학년 7반 23번 한강욱, 상수중학교 3학년 7반 23번 한강욱, 그러자 교실 스피커에서 한강욱 학생은 교장실로 오라는 방송이 흘러나왔다. 중얼거리고 있는 강욱이를 짝꿍이 흔들었다.

"너, 또 상 받냐?"

교장실 문을 열자 방에 모인 사람들이 일제히 강욱이를 보았다. 머리숱이 없는 교장 선생님은 손으로 머리를 꾹꾹 누르고 있었다. 교감 선생님은 강욱이에게 어서 오라고 손짓했다. 예전처럼 반겨 주는 게 아니라 조금 경직된 표정이었다.

"강욱 군, 이게 뭔가?"

교감 선생님이 의심스러운 목소리로 강욱이에게 종이 뭉치를 건넸다. 강욱이는 저도 모르게 눈이 커졌다. 신음이 새어 나왔다. 빅버거가 휴대폰으로 보여 준 사진이 종이에 출력되어 있었다. 물건을 숨기는 자신의 모습이었다.

"누가 시켰어?"

교감 선생님은 안심하라는 듯이 차분함을 잃지 않으려고 했다. 강욱이는 예? 하고 되물으려다 참았다. 입이 떨어지지 않았다. 고개가 한없이 아래로 떨어졌다. 그때 소파에 앉아 있던 아저씨가 거칠게 말했다.

"시키긴 누가 시켜요, 저 혼자 한 걸. 전교 회장이라면서요?"

교장 선생님이 창밖으로 고개를 돌렸다. 교감 선생님은 도자기 주전자를 기울여 찻잔을 아저씨 앞으로 내밀었다. 어색하게 웃으며 마시라고 권했다. 강욱이는 소파 뒤에 서 있었다. 온몸이 그대로 굳었다. 문구점에 갈 때마다 휴대폰에서 눈을 떼지 못하던 아저씨가 오늘은 학교 교장실을 눈에 찍어 두려는지 주위를 두리번거리며 차를 마셨다. 아저씨와 눈이 마주치자 강욱이는 얼른 고개를 떨구었다.

"이 녀석아, 할 짓이 없어 물건을 훔치냐? 한두 번도 아니고 이게 뭐니?"

그때 드르륵 문이 열리며 엄마가 들어왔다. 다급히 들어오던 엄마가 교장 선생님에게 정중하게 인사했다. 창밖만 보던 교장 선생님은 이미 엄마가 학교에 들어오는 모습, 차를 주차하고 본관에 들어서는 모습 따위를 다 보고 있었는지도 모른다. 엄마 손에는 골프 장갑이 끼워져 있었다. 얼마나 정신없으면 운전하다 장갑도 벗지 않고 왔을까? 보랏빛 립스틱이 입술 밖으로 번진 것도 모르는 것 같다. 강욱이는 엄마에게 장갑을 벗으라고 손으로 시늉했다. 엄마는 그제야 정신이 드는지 얼른 장갑을 벗었다.

"아니, 어떻게 된 거죠? 강욱이가 뭘요?"

교감 선생님은 종이 뭉치를 엄마에게 주었다. 엄마는 의연하게 종이를 한 장 한 장 넘겼다.

"누구니?"

생각보다 엄마 목소리는 침착했다. 강욱이 가만있자 어깨를 흔들었다. 강욱이는 엄마가 흔드는 대로 흔들렸다. 항상 그런 것처럼. 아저씨가 성급하게 끼어들었다.

"누구긴 누구예요? 걘 항상 혼자였다고요."

엄마가 아저씨 쪽으로 몸을 틀었다. 목소리가 한 톤 아래로 떨어졌다.

"혼자서 그런 짓 할 아이가 아니에요. 가게에 간 것부터 혼자 물건 사고 돌아다닐 애가 아니거든요. 누가 시킨 게 분명합니다. 지금도 괜히 그 애가 곤란할까 봐 말 못 하는 거라고요. 우리 애가 얼마나 융통성 없고 공부만 하는지, 여기 계신 선생님들은 다 아시잖아요. 그렇죠?"

선생님들은 고개를 숙였다. 엄마의 말은 공허한 메아리가 되어 다시 엄마에게 되돌아갔다.

"열이면 열, 다 아줌마처럼 말해요. 제 새끼가 한 짓을 왜 남 탓 하는지. 쯧쯧."

아저씨가 앞부분은 크게 뒷부분은 작은 소리로 말하자, 엄마가 핸드백에서 무언가를 꺼내 아저씨 앞에 내밀었다. 하얀 봉투였다. 아저씨는 봉투를 본체만체했다. 엄마는 물건값에 얼마간 사과의 마음을 담았다고 했다. 조금 전과 사뭇 다른 모습이었다. 아저씨는 봉투를 들어 안을 들여다보더니 애 앞날이 창창해 봐준다며 슬그머니 일어났다. 교장 선생님과 교감 선생님에겐 학생들 성적이 먼저가 아니라 인성이 먼저라는 소리를 하고는 밖으로 나갔다. 교장 선생님이 목청을 돋우어 크흠, 불편한 심기를 드러냈다.

집으로 돌아오는 내내 강욱이는 빅버거에게 이가 갈렸다. 친구를 제보한 나쁜 자식. 잘 알지도 못하는 녀석에게 속았다는 생각밖에 들지 않았다. 강욱이는 엄마 눈치를 보며 학원에 다니지 않겠다고 했다. 엄마는 교장 선생님과 교감 선생님께 무슨 말을 들은 건지 혼이 빠진 사람 같았다. 강욱이는 엄마가 다른 때처럼 큰 소리로 미친 듯이 혼냈으면 좋겠다고 생각했다. 정신이라도 번쩍 들게 말이다.

수요일에 엄마는 어김없이 과학 학원 앞에 강욱이를 내려주었다. 강욱이가 안 간다고 해도 막무가내였다. 예전 같으면 엄마가 먼저 학원을 끊었을 텐데, 최고만 모이는 과학 학원에 빠지면 큰일이라도 나는 줄 아는 것 같다.

강의실에 들어가자마자 빅버거를 찾았다. 빼빼로는 다른

자리에 앉아 책을 보고 있었다. 강욱이는 빼빼로의 어깨를 치며 빅버거 소식을 물었다. 그만둔 것 같다며 건성으로 대답한 빼빼로가 책으로 눈길을 돌리다 한마디 했다.

"참, 너도 그만둔 거 아니었어?"

"내가 왜?"

강욱이는 저도 모르게 큰 소리를 냈다. 빼빼로는 그냥, 이라며 얼버무렸다. 확실히 예전과는 다른 태도였다. 강욱이는 빼빼로도 자기가 도둑질한 걸 알 거라는 생각이 들었다. 강욱이는 자기 자리에 앉았다. 빼빼로와 빅버거, 양쪽 귀퉁이가 떨어져 나간 게 영 허전했다. 수업을 어떻게 들었는지 모르게 시간이 흘렀다.

화장실에서 나오다 박민석과 부딪쳤다. 박민석은 손을 살짝 흔들며 괜찮냐고 물었다. 강욱이가 무슨 소리냐고 묻자 민석이가 이죽거리며 말했다.

"그래서 영재 학교 가겠냐?"

"뭐? 네 일이나 신경 쓰셔."

강욱이도 이죽거리며 대답했다. 그러자 민석이가 강욱이 귀에 대고 속삭였다.

"쪽팔리게 왜 와? 영재 학교 가려고? 학교에서 뭐라 안 하든?"

순간, 강욱이 머리 위로 찬물이 쏟아졌다. 정신이 번쩍 들었다. 강욱이는 민석이 멱살을 잡고 흔들었다.

"너냐? 너야, 엉? 치사한 자식."

한 번도 꽂아 보지 않은 주먹을 민석의 가슴에 날렸다. 영화처럼 멋지게 주먹이 나가지 않았다. 민석이 잽싸게 손으로 밀치자 강욱이가 옆으로 기우뚱거리다 화장실 바닥에 넘어졌다. 빅버거가 아니라 민석이었다. 문구점에 걸린 강욱이 사진을 학원 아이들 휴대폰에 전송한 것, 문구점 아저씨가 학교까지 찾아오게 한 것도 다 민석이가 한 짓이었다.

엄마는 그것도 모르고 전교 1등이 다니는 곳에 악착같이 강욱이를 보냈다. 민석의 생각처럼 '도둑질'한 강욱의 행태가 영재 학교 추천서에 기재되지는 않았지만, 더 이상 영재 학교에 가고 싶은 마음이 없었다. 모든 게 다 사라졌다. 엄마는 그래도 빡빡한 스케줄을 보여 주며 정신 차리라고 했다.

"엄마, 왜 날 혼내지 않았어?"

앞만 보고 운전하는 엄마는 말이 없다. 강욱이는 조용히 대답을 기다렸다. 침묵을 깨고 엄마가 낮은 목소리로 대답했다.

"스트레스가 심한 것 같았어."

“혼냈어야지. 도둑질 못 하게 했어야지. 그리고 그 스트레스는 뭐 때문인 줄 알아?”

“…….”

“이제 나 좀 내버려 둬. 난 과학자가 꿈도 아니고, 영재 학교가 목표도 아니야.”

꿈이 뭐였는지, 무엇 때문에 이렇게 분주하게 살고 있는지 강욱이는 스스로에게 물었다. 대답이 쉽게 나오지 않았다. 그래도 기다리고 싶었다. 자기가 원하는 게 뭔지 꼭 알고 싶었다.

창밖으로 아이들이 구슬을 치는 모습이 보였다. 딱따닥, 따다닥. 구슬과 구슬이 부딪치면서 내는 경쾌한 소리가 들렸다. 한 녀석이 저만치 밀려난 구슬 하나를 집어 들더니 얼른 주머니에 넣었다. 친구에게 주고 싶지 않은 아이의 마음이 보였다.

순간 강욱이는 빅버거가 생각났다. 자기 일처럼 속상해하던 빅버거. 휴대폰을 뒤져도 녀석의 번호는 없었다. 오직 학원에서만 웃고 떠들던 사이였다는 데 생각이 미쳤다. 녀석을 다시 만날 수 있을까? 배고프면 이거라도 먹으라며 찐빵같이 커다란 손을 내밀던 녀석이 오늘따라 너무 보고싶었다.

짐승의 여름 방학

첫판 1쇄 펴낸날 2023년 7월 17일

지은이 이서유
펴낸이 박창희
편집 김수진 백다혜 **디자인** 김선미
마케팅 박진호 임선주 **회계** 양여진

펴낸곳 (주)라임
출판등록 2013년 8월 8일 제 2013-000091호
주소 경기도 파주시 심학산로 10, 우편번호 10881
전화 031) 955-9020, 9021 **팩스** 031) 955-9022
이메일 lime@limebook.co.kr **인스타그램** @lime_pub
홈페이지 www.prunsoop.co.kr

ISBN 979-11-92411-34-7 44810
979-11-951893-0-4 (세트)

* 잘못된 책은 구입하신 서점에서 바꾸어 드립니다.
* 본서의 반품 기한은 2028년 7월 31일까지입니다.
* 이 책은 경기도, 경기문화재단의 지원을 받아 발간되었습니다.